암송

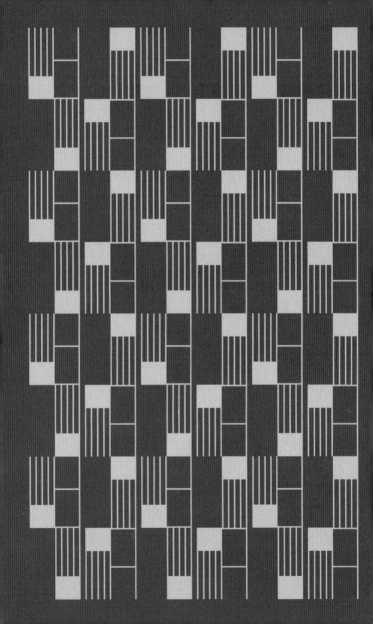

암송

윤해서 소설

arte

차례

열셋의 목소리

목소리는 파괴되지 않는다.

당신에게 어떻게 돌아갈 수 있을까, 생각해. 어제는 골똘히 생각하다가 하루 종일 아무 말도 하지 못해 나는 하루만큼 희미해졌다. 당신에게 어떻게 돌아갈 수 있을까. 처음에는 당신의 손을 놓치던 순간을 떠올려보려고, 당신의 손을 잡고 있던 내 손을 기억해내려고, 애를 써봤어. 가만히, 가만히 한곳을 바라보았지. 한곳을 바라보고 있다고 생각했어. 아주 잠깐 눈을 감고 눈의 뒤편을 바라보는 그런 기분이 들기도 했어. 그런데 그런 순간이 있었나. 당신의 손을 놓치던 순간. 그런 순간은 떠오르지 않아. 내가 꽤 오래 당신의 손을 잡고 있던 것은 분명한데. 그날 우리는 오래 걸었어. 바다는 잔잔했고 페리는 천천히 움직였지. 〈심포니 오브 라이트〉, 빛의 공연이 끝나고 당신과 나는 침사추이에서 센트럴로 가는 페리에 탔어. 우리는 그날 내내 손을 잡고 있었지. 왜 홍콩에 있어야 하지? 하루 종일 투덜거리는 내 손을 잡고 당신은 거리 곳곳을 걸었어. 여기는 내가 살던 곳이야. 카이케이 면식은 내가 매일 아침을 먹던 곳인데, 거기 어묵은 꼭 먹어봐야 해. 이 공원은 크진 않지만 밤 산책으로 이만한 곳이 없지. 퇴근하고 자주 왔었어. 저기 벤치 보여? 거의 매일 저기 앉아서 망고 아이스크림을 먹고 집으로 돌아갔거든. 당신은 홍콩에서 삼십대의 절반을 보냈다고 했지. 그래서 이곳을 꼭 보여주고 싶었다고. 8월의 홍콩은 최악이었어. 무덥고 습해서 가만히 서 있어도 땀이 흘렀어. 비는 시도 때도 없이 내렸고, 공기 중에는 어딘가에서 계속 끓고 있을 고기 냄새가 섞여서 숨을 들이쉴 때마다 고깃국을 마시는 기분이었어. 미안, 이제야 말하지만, 나는 그때 조금도 집중할 수 없었어. 더웠고, 습했고, 그뿐이었어. 그냥 당신을 따라 걸었지. 모든 거리에서 자신의 과거를 발견하는 당신을 따라. 나는 말없이 걸었어. 설레지도 즐겁지도 않았고 무슨 생각을 하면서 걸었던 것 같지도 않아. 그냥 당신이 계속 걸으니까, 따라 걸었지. 싫지는 않았어. 하염없이 걷는 건 내가 제일 잘하는 일이기도 하니까.

페리에 타자고 한 것도 당신이었을 거야. 나는 바다를 사이에 둔 두 개의 섬 끝에 늘어선 빌딩들에서 쏟아져 나오는 화려한 빛에 넋을 놓고 있었어. 음악은 정확히 20분 동안 울려 퍼졌고 음악의 지휘에 맞춰 빌딩들은 다양한 색깔의 빛을 쏘아 올렸어. 빛과 빛이 부딪혔고, 한 줄기의 백색 광선이 수십 개로 갈라지기도 했지. 수천 개의 작은 전구들은 메시지를 전하기도, 모든 의미를 무화하기도 했던 것 같아. 나는 여느 관광객들처럼 탄성을 질렀고, 손뼉을 쳤어. 당신은 조명을 받아 노랗게 빛나는 시계탑 아래에서 입을 맞추는 연인들이 아름답다고 했고, 나는 이렇게 아름다운 야경을 수도 없이 보았을 당신이 부럽다고 했지. 매일 밤 이런 광경이 펼쳐지는 삶은 어떤 거지? 삼십대의 절반을, 그 절반의 밤을 이런 도시에서 보냈다는 건 어떤 걸까? 이런 생각을 했던가. 매일 보고 싶었지. 매일의 그 20분을 위해 홍콩에 살아볼까 그런 생각도 했던 거 같아. 언제나 빛은 내 마음을 흘려. 너무 짧게만 느껴졌던 20분이 모두 흘러버렸을 때 음악은 멈췄어. 여전히 빌딩들은 빛을 내뿜고 있었고, 홍콩의 밤은 아름다웠지. 이제 센트럴로 넘어가서 대관람차를 타자. 당신이 나를 끌어당겼어. 대관람차는 바다 건너 저편에 있었고, 푸른 빛의 거대한 바퀴는 천천히 돌아가고 있었지. 나는 아직 빛의 공연이 멈춘 밤하늘 한가운데 남아 있었어. 멍한 얼굴로 당신에게 끌려갔을 거야. 당신은 이 시간에 대관람차에서 바라보는 홍콩은 또 얼마나 아름다운지, 인간이 만들어낸 밤의 아름다움에 대해 흥분을 감추지 못하고 말했어. 우리는 페리가 도착할 때까지 선착장에서 5분쯤 기다렸고, 여러 무리의 사람들과 함께 페리에 올랐지. 당신과 나는 페리의 앞쪽, 창이 없는 배의 갑판 쪽에 나란히 앉았어. 페리는 정말 천천히 움직였고. 내가 기억하는 건 여기까지야.

절망적이라고 느낄 때가 있어.

그럴 때 나는 눈을 감고 잠든 척을 해.

잠든 척하고 있으면 절망이 나를 못 본 척 지나가기라도 할 것처럼.

나는 절망을 핑계로 조금씩 더 비겁해진다.

다음 순간에 들려온 건 이런 소리였어. 나는 주위를 두리번거렸지. 어디선가 낯선 소리가 들려오면 고개를 돌려 그 소리가 난 곳을 찾는 건 아주 자연스러운, 몸에 밴 반응이니까. 당신이라면 어떻게 했을까. 나는 주위를 계속 두리번거렸지만 아무것도 찾지 못했어. 더 정확히 말하면 아무것도 보이지 않았지. 아니 더 정확하게 말하면 나는 내가 두리번거리고 있는지조차 확신할 수 없었어. 아무것도 보이지 않았기 때문에 내가 빛이 조금도 들지 않는 어둠 속에 있다고 생각했지만, 아무것도 보이지 않는 그 어둠 자체인 시간은 나에게서 사방을, 돌아볼 눈을, 목을, 어깨를, 몸통을 앗아갔다는 이상한 생각이 들었지. 꿈을 꾸는 걸까. 숨을 죽이고 가만히 기다렸어. 시간이 조금 지나면 나는 이 꿈을 꿈으로 깨닫거나, 꿈에서 깰 거라고 생각했어. 아마 그렇게 믿고 싶었던 거겠지. 그때 나는 아직 아무것도 몰랐으니까. 그렇다고 지금 내가 그때보다 조금이라도 더 많이 안다는 뜻은 아니야. 나는 오히려 그때 알았을 것들을 이제 거의 기억하지 못해. 점점 내가 희미해지는 걸

느껴. 어떻게 하면 당신에게 돌아갈 수 있을까. 당신에게 어떻게 돌아갈 수 있을까. 언젠가 떠오른 이 문장을 나는 나처럼 붙들고 있어. 이 문장이 마치 내 두 손, 내 두 팔, 내 등, 내 심장이라도 되는 것처럼. 잊지 않아야 하는 나의 전부인 것처럼. 나는 나의 마지막 순간을 기억하지 못하는데 말이야. 나는 나를 기억할 수도 없는데 말이지.

아, 아,

아,

아, 아, 아,

아아, 아아아, 아,

아아아아아아아아아아아

아

한 음절만 반복하는 목소리가 있어. 지금은 아주 가까이, 여기 바로 내 옆에. 이 목소리는 아주 익숙

한 목소리야. 내가 여기에 도착한 어느 날, 당신과 헤어진 바로 그날, 들었던 몇 안 되는 목소리 중 하나지. 나는 아, 아, 아, 이 소리가 들려오면 이상하게 아무 생각도 할 수가 없어. 이 목소리가 반복하는 뜻 없는 아아, 아아아, 아, 소리에 귀를 기울이고 가만히 있는 것밖에 아무것도 할 수가 없어. 아, 아, 아, 정말 아무 뜻이 없는 걸까. 아, 아, 나는 바로 지금 이 순간에도 들려오는 저 소리에 아무 의미가 없는지, 아니면 아, 아, 아아, 이 소리가 누군가에게 보내는 어떤 신호는 아닌지 궁금해. 누군가는 저 신호를 알아듣고 있는 게 아닐까. 나도 당신에게 당신만이 알아들을 수 있는 신호를 보낼 수 있을까? 나는 궁금했어. 왜 계속 같은 말만 하는 건가요? 물었지. 왜 계속 같은 소리만 내요? 나는 두 번째 이 소리를 들었을 때, 내가 이미 한 번 들었던 소리라는 걸 바로 알았어. 아, 아, 아 이 소리가 들려오는 곳을 향해 물었고, 대답이 없어서 또 물었고, 이 소리가 들려올 때마다 지치지 않고 물었어. 꽤 여러 번, 꽤 오래. 내가 기억할 수도 없는 시간이 지나는 동안 나는 물었지만 대답은 늘 하나였어. 오늘처럼. 아, 아아, 아아아.

왜 저래. 왜 저러는 거야 대체.

왜 저래,

왜 저래.

나는 처음에 내가 볼 수 없게 된 거라고 생각했어. 새로운 목소리가 들려올 때면 생각했지. 이 사람은 어떻게 생겼을까. 얼굴이 둥글까, 길까. 눈은 클까, 작을까. 남자일까, 여자일까. 이 사람 눈에는 내가 어떻게 보일까. 지금 내 모습은 어떨까. 궁금했지만 답을 알지 못했어.

이따금 고백을 상상한다.

내가 당신에게 고백하고 싶은 것은 사랑이 아니다.

이렇게 말하고 보니

그것은 분명 모종의 사랑이라는 생각이 든다.

나는 가끔 누군가에게 전화를 걸어

차나 한잔 할까,

불러내는 상상을 한다.

당신이 누구인지 모르겠다.

한 번도 누군가를 그렇게 불러낸 기억이 없다.

불려 나온 누군가와 골목을 조금 걷다가 골목 중
간에 있는 카페에 들러 테라스에 앉았다가

그런데 말야

이렇게 시작해도 좋겠다.

그런데

나는 나의 고백을 어느 문장 뒤에 두고 싶은 것인가.

당신의 얼굴이 불분명하다.

그렇지만 고백을 하는 상상

거기엔 당신이 없고 당신이 누구든 내 고백을 듣
고 싶은지 내 고백이 너무 당황스럽진 않은지 알 수

없고 내가 하려는 고백은 사랑도 죄도 아닌데 죄도
사랑도 아닌 이 고백을 당신이 왜 들어야 하는지 알
수 없어질 것이고 제발 하지 마요 제발 하지 마 이렇
게 사정이라도 하고 싶어질지 모를 일인데

　그러므로, 어쩌면,
　그럼에도 불구하고
　이 간단한 고백을 끝내 하지 못하고
　그런데, 그건, 그러니까, 나는 끝내 우물거리다가
　담장을 넘듯 담장에서 뛰어내리듯
　가끔은 모른 척 사랑에 빠지기도 하겠지만

무너진 내가 일어서려 하지 않는다.

　이 목소리는 남자의 목소리 같기도 여자의 목소
리 같기도 해. 도대체 하고 싶은 말이 뭘까. 이 목소
리는 한번 말하기 시작하면 한자리에서 움직이지 않
고 말해. 소리는 가까워지지도 멀어지지도 않아. 그

1 7

리고 이 목소리는 매번 다른 말을 해. 알아들을 수 있는 말은 아니고, 그렇다고 어려운 말은 아닌데. 어쩌면 알아듣기 싫은 말인 것 같기도 해. 어쩌다 그런 말들을 그렇게 아무렇지 않게 하게 되었나요. 나는 묻고 싶은데. 인내심을 가지고 저 목소리에 집중하고 있다가, 도무지 끝나지 않고 이어지는 말과 말 사이에 끼어 들 틈을 찾지 못해서 잠깐 방심하면, 저 목소리는 어김없이 멀어져. 한 번도 내 질문에 답을 한 적이 없어. 돌아오는 것은 다시 혼자 남았다는 참을 수 없는 막막함뿐이야. 나는 손을 들어 내 뺨을 만지려 해. 손을 들어 내 손을 잡아보려고 해. 팔을 들어 내 두 팔을 서로 얽어 팔짱을 껴보려고.

비슷한 말

모로는 한국계 독일인이다. 한국인 어머니와 독일인 아버지 사이에서 태어났다. 태어나서 줄곧 쾰른에 살았고, 아직 쾰른에 있다.

모로와 루이는 사촌이다. 모로가 쾰른 대성당 근처 카페에서 루이를 기다리고 있다.

라인강이 한 방향으로 흐른다.

"같은 강물에 두 번 발을 담글 수 없다."

모로는 헤라클레이토스의 말을 떠올린다. 라인강을 볼 때마다. "같은 강물에 두 번 발을 담글 수 없다." 강물을 길어다가 발을 담그고 앉아 있고 싶다. 흐르지 않는 것은 더 이상 강물이 아니다. 모로는 이 카페에서 누군가를 기다릴 때면 항상 헤라클레이토

스의 말에 문장 잇기를 한다. 흐르지 않는 것은 더
이상 강물이 아니다. 강물은 강을 잃는다. 멀리서 루
이가 다가오는 것이 보인다. 루이는 성큼성큼 커진
다. 강물은 강을 잃는다. 강물은 강과 분리되면 더
이상 강물이 아니다. 바닷물은 바다와 분리되면 바
닷물인가 아닌가. 카페 앞에 도착한 루이는 189센
티미터의 루이다. 방울 소리가 들린다. 카페의 문이
열리고, 닫히고, 루이가 맞은편에 앉는다.

바다에서 떠온 물은 바닷물이지?

모로가 루이에게 묻는다.

또 시작이군.

루이가 가방에서 지갑을 꺼내 주문을 하러 간다.

모로는 다시 라인강을 본다. 강은 여전히 같은 방
향으로 흐르고 있다.

루이가 커피를 사 들고 돌아와 앉는다. 앉자마자
말한다.

어제 영화를 봤어. 〈원탁의 기사〉.

또 시작이군.

모로가 웃는다.

두 시간 내내 슬로베니아 학파 사람들이 여러 나라 정상들과 대화만 나누는 영화였는데. 보조비치 역을 맡은 배우가 슬로베니아 대통령에게 묻더라고. 당신은 독재자입니까?

재미있는 이야기네. 넌 어떻게 생각해?

모로가 말한다.

영화잖아. 그 대통령이 독재자인지, 아닌지 나는 모르지. 내가 그 나라 사람도 아니고.

그런데?

그런데 이게 영화가 아니고 현실이라면. 독재자한테 독재자냐고 물을 수 있나? 목숨을 걸고? 그가 진짜 독재자라면 말이야.

루이는 잠깐 말을 멈추고 커피를 마신다.

글쎄, 네 말대로 영화고. 우리는 그 나라 사람도 아닌데 뭘.

모로가 말한다. 모로는 턱을 괴고 강가를 따라 걷는 사람들을 보고 있다.

지금 이 노래 말야. 이 노래 가사 공감해?

모로가 묻는다.

사랑에는 국경도 나이도 없다는 말 말야.

모든 사랑에는 경계와 장애가 있지. 국경과 나이의 차이에서 생기는 어려움은 물론이고.

루이가 대답한다.

왜?

모로는 루이의 대답이 의외라고 생각한다. 루이는 지금 열두 살 연상의 여자와 만나고 있고, 그의 전 애인은 한국 여자였다. 루이는 전 애인을 만나기 위해 모로에게 한국어를 배웠다.

너 우정에는 국경도 나이도 없다, 그런 말 들어봤어?

아니.

우정에는 국경도 나이도 없잖아. 그러니 그런 말

이 필요 없는 거지.

루이가 말한다.

사랑에는 국경도 나이도 너무 중요한 문제고, 그래서 저런 말까지 생긴 거라고 생각해.

그렇지만 국경도, 나이도, 그 어떤 것도 초월한 사랑도 존재하잖아?

사랑에는 국경도 나이도 없다는 말이 사랑은 국경도 나이도 초월해서 가능한 어떤 것이라는 환상을 만들어줬으니까. 환상을 믿으면, 그 믿음은 현실을 바꾸니까.

그래서 그런 사랑을 믿는다는 거야, 안 믿는다는 거야?

사랑은 믿는 게 아니야. 하는 거지.

루이가 남은 커피 잔을 비우고 일어선다. 모로의 어깨를 툭툭 친다. 모로는 꼬마가 된다.

너랑 무슨 사랑 얘기를 하냐. 나가자.

모로는 아직 한 번도 사랑을 해본 적이 없다.

강은 여전히 한 방향으로 흐르고 있다.

회복

로타어는 말했다. "사람의 목소리만큼 강한 기억을 불러일으키는 것도 없다. 목소리가 그만큼 빨리 잊히기 때문일 것이다. 하지만 목소리에 대한 기억은 우리 안에서 사라지지 않는다. 그 음색과 특징이 우리 무의식 속에 가라앉아 깨어나기를 기다리고 있을 뿐이다."*

선주는 책을 덮었다. 목소리에 대한 책은 지겹도록 읽었다. 『목소리 해부학』은 선주가 읽은 첫 번째 목소리에 대한 책이었고, 지금 읽고 있는 책은 몇 번째 책인지 알 수 없다. 서커스를 그만둔 것은 일곱 번째 책에서 여덟 번째 책으로 넘어갈 때였다. 선주는 아직 어떤 목소리도 잊지 못했다.

당신의 무의식이 만들어내는 꿈 같은 겁니다. 환청이라고도 하고요.

의사가 명료하게 말했다. 환청.

당신의 귀에는 아무 이상이 없습니다.

선주는 이비인후과 의사의 조언에 따라 신경정신과 의사를 만났다. 몇 가지 검사를 한 의사는 결론을 내렸다.

환청.

환청이 들리는 원인은 다양합니다.

한 예로 필로폰을 맞으면 도파민이 증가돼서 환청을 들을 수 있어요.

환자분들마다 조금씩 다른 소리를 듣죠. 벌레 울음소리를 듣는 분도 있고, 소음에 불과한 잡음을 듣는 분도 있고요. 사람의 말소리를 듣는 경우도 있는데, 욕이나 불쾌한 명령을 듣기도 합니다.

선주는 의사의 말을 귀 기울여 들었다.

벌레 울음소리, 잡음, 말소리, 욕, 명령.

몇 개의 단어들을 기억했다.

의사의 처방은 전혀 도움이 되지 않았다. 선주는 치료를 포기했고, 책을 읽기 시작했다. 책 속에 답이 있을 것이라고 기대했던 것은 아니지만, 소리를 견딜 수 없어서 선주는 음악도, 영화도, 영상도, 티브이도 포기했다. 서커스는 제일 마지막에 포기했다.

손가락 관절 회복할 때 정형외과에서 관절 운동하라고 주는 공 알지? 손에 쥐고 아기처럼 잼잼 하는 공. 지금 나 꼭 그 공 같아.

단원들이 서커스를 그만두는 이유를 물었을 때, 선주가 대답했다.

내 영혼이 누군가의 손아귀에 쥐어진 거 같아.

다들 그렇게 살아

다들 그렇게 살아.

다들 그렇게 살아.

애길이 그해에 가장 많이 들었던 말은, 다들 그렇게 살아.

애길은 스무 살에 아이가 생겨서 결혼했다. 신랑은 교회 오빠, 목사님 아들이었다. 애길은 피아노 전공으로 대학에 입학한 지 갓 1년이 지난 대학생으로 교회 반주자이기도 했다. 목사님 아들은 미국에서 대학을 졸업했고 곧 미국으로 대학원 진학을 할 예정이라고 했다. 애길은 결혼과 동시에 휴학했고, 아이는 애길의 배 속에서 무럭무럭 자랐다. 쌍둥이 아기들을 처음 초음파로 만나던 날을 애길은 죽을 때까지 잊지 못했다.

검은 주머니 안의 작은 생명들.

애길은 열 달 뒤 여자아이 둘을 1분 차이로 낳았다. 그리고 얼마 지나지 않아 알게 되었다.

모든 것이 거짓이었어. 당신이 나에게 했던 모든 말은 거짓이야.

애길이 울면서 말했다.

신랑은 무릎을 꿇고 울었다.

잘못했어. 그런데 다 널 위한 거였어.

날 위한 거였다고? 네가 입학도 한 적 없는 대학을 졸업했다고 한 게? 진학할 생각도 없는 대학원 입학을 준비하고 있는 척, 매일 아침 일찍 집을 나선 게? 아니면 그 모든 걸 당신 어머니 아버지가 알면서도 묵인했다는 게?

쌍둥이들이 번갈아 울었다.

미안하다고 하잖아, 미안해. 내가 잘못했어.

어떻게 그런 거짓말을 할 수 있어? 네가 나한테 어

떻게 그럴 수 있어?

　다 널 사랑해서 그랬어. 널 사랑해서.

　사랑?

　넌 날 사랑하지 않는 거야? 넌 내 학벌을 보고 결혼한 거야? 내가 대학을 나오지 않았다는 사실이 너한테 그렇게 중요해? 넌 그런 게 중요한 사람이니?

　더 말할 가치가 없다. 학벌을 보고 결혼했냐고? 대학을 나오지 않았다는 게 중요하냐고? 니가 이런 인간이라는 게 중요하지. 니가 하는 모든 말을 믿을 수 없는데 너랑 어떻게 살아? 나는 그렇게는 못 살아.

　교회는 어쩔 건데? 교회 사람들은? 우리 아버지는? 너희 부모님은? 그분들은 창피해서 교회 사람들 보기 힘드실 거야. 장로님들 실망은 어떻고.

　뻔뻔한 새끼.

　애길은 집을 나왔다.

그렇지만 애길이 서울을 떠난 것은 그 후로도 3년
이 지난 뒤였다. 애길은 복학해 3년 동안 학교에 다
녔고, 이혼을 준비하던 겨울에는 러시아에서 열린
콩쿠르에도 참가했다. 대회에서 돌아오는 애길의 가
방 속에는 며칠간 머물렀던 도시의 비스킷, 작은 액
세서리들, 냉장고에 붙이는 자석 같은 것들이 뒤죽
박죽 담겨 있었다. 아무렇지 않은 척 그런 것들을 사
모으면서. 어떻게 하면 영리해질 수 있을까, 애길은
생각했다. 영리했다면. 내가 멍청하지 않았다면 속
지 않았을까. 내가 좀 더 눈치가 빠르고 똑똑했다면.
그랬다면 가족들에게 이런 슬픔을 주지 않아도 됐
을까.

용기 있는 결정을 했다고 생각한다.

오랜 침묵을 깨고 애길의 아버지가 말했다. 애길
은 졸업을 했고, 독일로 떠났다.

그렇게 살고 싶지 않아.

애길은 그해 이렇게 말하는 자신의 목소리를 분명

하게 들었다. 쾰른에서도 오랫동안.

다들 그렇게 살아, 다들 그렇게 살아.

주님의 숨은 뜻이 있으시겠지. 주님이 너를 지켜
주실 거다.

사방에서 교회 어른들의 목소리가 들려왔다.

목소리가 목을 조르는 거 같아.

대성당 앞을 지날 때마다 애길은 귀를 막았다.

다들 그렇게 살아.

가정법을 쓰지 않고 말하기

그랬다면.

삶이 달라지지 않았을까.

이런 생각을 하게 하는 작은 선택들이 있다.

어젯밤에 평양에 갔어. 여행.

평양?

중국에서 넘어갔는데 가기 전에 중국에서 용과를

봤어.

용과?

용과가 주렁주렁 열려 있더라고.

그래서?

한참 보다가 평양에 갔어. 갔더니 카페도 있고, 백

화점도 있고, 노래방도 있더라.

노래방에 가고 싶었어?

아니, 간판에 커다란 마이크 모형이 달려 있어서
당신한테 얘기해줘야지, 생각했어. 시내가 재미있어
서 3일쯤 머물러야지 했는데 택시였나, 내가 타고 있
는 차가 계속 달리더라고. 한참 달리더니 어둑어둑
해질 무렵에 한 골목에 섰어.

나는 내려서 시멘트 벽에 노란 페인트가 사선으로
그려져 있는 집으로 들어갔고. 주인이 밥이랑 김치
를 줬는데 기분이 이상하더라고. 맛있게 먹는 척하면
서 내일 아침에 바로 여기를 떠나야겠다, 생각했지.

그래서 아침에 바로 떠나서 여기로 왔고?

맞아, 그래. 여기로 왔지.

당신과 했던 대화들을 하나씩 떠올려. 다른 목소
리들이 들려올 때마다. 나는 점점 희미해지는 당신
의 목소리를 잊지 않으려고 당신과 나누었던 말들

을 기억해내. 오늘은 홍콩으로 떠나던 날 아침, 공항에서 나눈 이야기가 생각났어. 나는 평양으로 여행을 다녀왔다고 당신에게 말했고, 당신은 별것도 아닌 내 이야기를 재미있게 들어줬지. 지금 평양에서 돌아왔는데 왜 홍콩에 가야 하는 거지? 나는 투덜거렸고, 그때 당신이 그랬어. 만약 오늘만 산다면 뭘 하고 싶어? 오늘이 끝이라면? 글쎄. 일단 뭘 좀 먹자. 내가 당신의 손을 끌고 햄버거 가게로 들어갔지. 당신은 콜라만 마셨어. 나는 감자튀김까지 배불리 먹었고. 그리고 대답했어. 매일 오늘만 산다고 생각해. 아침에 일어날 때 오늘도 태어났구나. 밤에 잠들 때 기도해. 한 번만 더 살게 해주세요. 매일 딱 한 번만 산다고 생각해. 그러니까 어젯밤의 나는 분명 평양에 갔고 오늘의 나는 홍콩에 가. 내일은 나도 모르지. 그때 다르게 대답했다면. 당신의 손을 놓치지 않았을까. 내가 꿈 이야기를 꿈처럼 말했더라면. 내가 꿈을 꿈으로 믿었더라면. 지금처럼 되지 않았을까.

이걸 꿈이라고 말할 수 있었을까. 또 다른 목소리가
들려온다.

엄마,

엄마.

출근 시간

왜 인간은 모든 생명체가 눈, 코, 입을 가지고 있을 거라고 믿는 거지?

선주는 영화에서 외계인을 볼 때마다 궁금했다. 외계인의 존재를 믿고, 안 믿고를 떠나서, 외계인의 형상이 인간의 기이한 변형이라는 데 동의하기 어려웠다. 물론 외계인을 목격했다는 사람들의 진술이나, 사진 자료들에 입각해서 재구성한 형상일 거라는 것을 몰라서가 아니었다. 선주가 제일 흥미롭게 생각하는 괴담 중 하나는 고양이가 외계인들에게 인간의 정보를 전달하는 존재라는 것인데, 고양이들을 볼 때마다 묻고 싶었다. 이 이야기를 어떻게 생각하시나요. 길에서 고양이를 만나면 쪼그려 앉아 물었는데, 그때마다 고양이들이 한심하다는 눈빛을 보내는 것 같았다. 이런 방식으로 한심해지는 것이 즐거웠다.

선주는 이제 사람들의 눈빛에 지쳤고, 두려웠다. 인간의 눈빛이 얼마나 무섭고 잔인한 것인지. 선주는 잘 알고 있었다. 고개를 푹 숙이고 영화를 보다가 고개를 들었다. 영화 속에서는 외계인이 인간으로 변신해 커다란 빌딩으로 출근을 하고 있었고 열차는 당산에서 합정으로 넘어가고 있었다. 사람들이 빈틈없이 서로의 몸을 맞대고 있긴 했지만 선주는 다행히 문 바로 앞에 서 있었다. 한강이 눈에 들어왔다. 타인과 이렇게 가까이 접촉하고 있는 유일한 시간. 선주는 자기 몸의 모든 부분이 누군가와 누군가의 몸에 둘러싸여 있다는 것을 매일 아침 믿을 수 없었다. 직장인은 직장에서 가장 필요한 덕목인 인내를 출근 시간에 단련받는 것 같았다. 왜 모든 직장의 출근 시간은 비슷한 것인가. 서커스를 그만두고 선주가 다니기 시작한 직장은 작은 프로덕션이었다. 서커스 관련 영상을 제작하는 곳으로, 지금은 서커스 예술가들에 대한 다큐멘터리 영상을 만들고 있다. 선주는 그곳에서 자료를 수집하는 일을 했다.

선주가 찢어서 간직한 서커스와 무관한 자료.

1906년 뉴잉글랜드 해안, 시끄러운 전신음에 익숙해져 있던 선박의 통신사들은 느닷없이 그들의 이어폰을 통해 들려오는 사람의 목소리를 들었다. 그 목소리는 「루가복음」의 크리스마스에 관한 이야기를 읽고 음악을 들려준 뒤, 모든 사람들에게 즐거운 크리스마스를 보내라는 인사말을 했다. 캐나다의 발명가 레지날드 페슨던은 매사추세츠의 해안가 그의 실험실에서 사상 최초의 라디오 방송을 조용히 끝마쳤다. 페슨던과 미국인 리 디 포리스트, 이 두 사람은 무선전화를 연구하고 있었지만, 유성 라디오, 포리스트의 말에 의하면 오페라를 각 가정으로 전달하는 수단이 될 시스템에 대한 꿈을 꾸기 시작했다. 독일의 어느 물리학자가 발전시킨 이론에 따라 연구를 하던 이탈리아인 구그리엘모 마르코니는 무선전신을 완성하여 1901년 대서양 건너로 무선신호를 보내는 데 성공했다. 그러나 전자파를 분명한 말이나 음악으로 바꿀 수 있는 가능성은 포리스트가 진공관 검파기, 즉 전파신호를 받아 증폭하는 3극진공관을 발명함으로써 비로소 실제적인 것이 되었다."[†]

맨 처음 「루가복음」과 음악을 들은 사람들은 어떤 기분이었을까. 느닷없이 이어폰에서 시작된 사람의 말소리가 그들은 반가웠을까.

선주는 궁금했다. 만약 자신에게 들리는 목소리들이 어디선가, 다른 해안에서 이곳으로 전해져 오는 신호라면. 이것이 그들의 꿈이라면. 선주는 그곳이

다른 공간이 아니라 다른 시간의 어떤 곳일 수도 있겠다고 생각했다.

만약 외계인이 있다면 그들은 소리나 향기로 존재하지는 않을까. 그들은 소리로 출근했다가 냄새로 퇴근할 수도 있지 않을까.

그런데 왜 지구인들은 끊임없이 외계인이 지구를 침공해올 것이라고 생각하는 걸까. 외계인이 지구에서 뭘 얻을 게 있을 거라고 믿는 걸까. 적은 좀 더 기발하게 만들어질 필요가 있었다. 하지만 지하철은 을지로입구역에 도착했고 선주는 내렸다.

그대가 오래도록 심연을 들여다볼 때,
심연 또한 그대를 들여다볼 것이다.[§]

선주는 낯익은 목소리를 들으며 지하철 계단을 올랐다. 지상으로 빠져나가는 사람들의 무리에 떠밀려 걸어가면서, 선주는 그 목소리에 대답하지 않기 위해 온 힘을 다했다.

　그대가 심연을 들여다볼 때, 심연 또한 그대를 들여다볼 것이다. 이건 당신의 생각이 아니죠. 이건 니체의 문장.

　하지만 선주는 끼어들지 않았다. 만약 이렇게 대답했다면. 사람들의 눈빛을 받아내야 했을 것이다. 자신이 정상임을 확인하는 확신에 찬 눈빛. 너 같은 비정상을 발견하다니. 저능한 존재를 발견한 자들의 폭력적 기쁨을 온몸으로 받아내야 했을 것이다. 선주는 주머니에서 마스크를 꺼내 썼다. 선주가 입술을 달싹거리는 모습을 아무도 보지 못할 것이다. 이 해안에서 라디오는 오직 선주를 향해서만 켜져 있다. 이 주파수를 수신할 수 있는 수신기는 선주뿐이다. 선주는 아직 자신과 같은 귀를 만나지 못했다.

목소리 해부학

모로는 루이와 헤어지고 라인강을 따라 조금 더 걸었다. 아직 그 사람이 집에 있을 것이다. 그는 유흥상이라고 했다.

애길의 두 번째 인터뷰가 있던 날이다.

바흐만 고집하신 이유가 있나요?

바흐밖에 칠 수 없었으니까요.

바흐는 이미 굴드에 의해. 그러니까 굴드라는 대단한 천재가.

괜찮아요. 편하게 말씀하셔도 됩니다. 저는 아무도 아니에요.

아 아닙니다.

하지만 사람마다 다른 목소리가 있죠. 누구에게
나 말입니다.

큰 결례를 용서하십시오, 선생님. 선생님이 얼마
나 위대한 피아니스트인지 잘 알고 있습니다. 서울
에서도 여러 차례 연주하셨죠. 선생님을 흠모하는
팬이었습니다.

모로가 들은 첫 인터뷰의 앞부분은 이랬다. 모로
는 엄마를 끈질기게 설득했다.

그 사람은 좋은 작가가 아닙니다. 그 사람이 쓴 다
른 전기를 읽어보세요. 그 사람은 잣속에 눈이 멀
었고 엄마의 음악보다 엄마의 인생사에 더 관심이
많은 인간이에요. 가십을 좋아하는 인간은 멀리하
는 게 좋다고 항상 말씀하셨잖아요. 그의 목소리는
진실하지 못합니다.

애길은 모로의 이야기를 끝까지 차분하게 들어주
었다. 그리고 괜찮아, 아가, 하고 모로가 더는 말을

할 수 없도록 모로의 입을 막았다.

모로는 엄마가 아가, 하고 말을 맺으면 더 이상 어떤 말을 해도 엄마의 의견이 달라지지 않는다는 것을 알고 있었다.

정말 이해할 수가 없어요.

모로는 애길의 방문을 세게 닫고 나왔다. 애길은 피아노 앞에 앉아 있었다.

모로가 애길의 방에서 현관으로 이어지는 복도를 지날 때 애길이 연주를 시작했다.

엄마가 잃은 것.

익히 알고 있는 곡. 저 곡이 울려 퍼지면 집안의 모든 복도가 깊고 거대한 상처처럼 벌어지고 자신은 거기에서 한발도 벗어날 수 없다는 것을 모로는 알고 있었다. 빠른 걸음으로 복도를 빠져나왔다. 쾅.

모로는 자신의 두 귀를 닫는 것처럼 현관문을 세게 닫았다. 대성당을 향해 걷기 시작했다.

그로부터 정확히 1년 후, '한국이 낳은 최고의 피

아니스트' 정애길의 전기는 출간되었다. 유홍상은
애길과의 마지막 만남을 작가 후기에 이렇게 기록하
고 있다.

　　이미애. 정애길이 누군가의 이름을 말한 것은 그
때가 처음이었다. 우리가 세 번째 인터뷰를 끝내고
다음 약속을 정하기 직전, 정애길이 이미애의 이야
기를 시작했다. 나는 이미 녹음기를 껐고 노트북을
접어 가방에 넣은 상태였다. 이제 다음 약속 시간을
정하고 자리에서 일어서면 그만이었다. 그때 그녀
가 누군가의 이름을 불렀다. 미애. 아주 낮은 목소
리였지만 나는 분명히 미애, 라고 들었다. 왜 그녀가
그때 갑자기 이미애의 이야기를 꺼내고 싶어 했는
지 모르겠다. 네 번째 만남 전에 정애길은 죽었다.
오랫동안 죽고 싶었습니다. 세 번째 만남에서 독일
생활이 힘들지는 않으셨나요, 하고 내가 물었을 때,
정애길은 이렇게 말하고 희미하게 웃었다. 사실 희

미하게 웃었다는 말은 틀린 말이다. 그녀는 웃지 않았다. 그녀가 오랫동안 죽고 싶었습니다, 라고 말한 뒤, 잠깐 동안 가진 침묵이 나에게 마치 그녀가 이 말을 하면서 쓸쓸하게 웃었던 것 같은 인상을 주었다. 그녀는 쓸쓸한 미소로 남았다.

쓸쓸한 미소.
모로는 이 부분에 밑줄을 그었다.

쾰른 콘서트

미소.

모로는 이 글자를 처음 따라 그리던 때를 정확히 기억했다.

엄마가 그려 놓은 점선을 따라 미소를 힘주어 그렸다.

모로와 엄마는 식탁에 마주앉아 있었고, 「쾰른 콘서트The Köln Concert」가 흘러나오고 있었다.

재즈를 좋아하진 않지만, 이건 정말 최고야.

엄마는 매번 이렇게 말하고 턴테이블에 「쾰른 콘서트」를 올려놓았다.

재즈를 좋아하진 않지만.

모로는 그렇게 말할 때 엄마가 너무 사랑스러웠다.

엄마는 왜 재즈를 좋아하지 않는다는 것을 그렇게 강조하고 싶어요?

모로가 열 살 때 물었다.

입버릇 같은 거지.

엄마가 펜을 쥐고 있는 모로의 작은 손을 감싸 쥐며 웃었다.

미소.

모로가 썼다.

독일어 작문 숙제를 하는 중이었는데, 독일어와 독일어 사이에 미소가 그려졌다.

모로와 애길의 눈이 마주쳤다.

엄마 왜 그래요?

모로는 이날의 엄마 눈빛을 기억한다.

재즈를 좋아하진 않지만, 이 말은 재즈와 무관한 말이다.

말을 돌리기 위한 말. 엄마가 딴청을 피우기 위한 말. 빠져나가기 위한 말. 표정을 감추기 위한 말이다.

어디서나 「쾰른 콘서트」의 도입부를 들으면 모로는 한글들을 하나씩 배워나가던 어린 시절로 돌아간다. 엄마가 한국의 지도를 펼쳐 놓고 손으로 만지게 해줬던 땅의 이름들.

서울.

인천.

목포.

강릉.

군산.

광주.

부산.

키스 자렛의 손가락이 검은건반과 흰건반 사이를 마치 영혼처럼 아름답게 오갈 때, 모로의 손가락은 낯선 땅의 길들을 따라 조심스럽게 한 걸음씩 움직였다.

엄마, 그런데 목포의 목과 내 목은 다른 건가요?

모로가 자신의 목을 가리키며 물었다.

엄마, 라인강과 강릉의 강은 같은 건가요?

모로가 엄마의 손을 잡고 라인강을 따라 걸으며 물었다.

모로는 「퀼른 콘서트」가 자신을 언제, 어디서나, 순식간에, 어린 날의 어느 날로 던져버린다는 것을 알고 있다. 「퀼른 콘서트」는 위험하다. 모로와 엄마의 너무 많은 시간이 「퀼른 콘서트」의 모든 음과 음 사이에 담겨 있다. 모로는 한동안 「퀼른 콘서트」를 듣지 못할 것이다. 모로는 1년 내내 「퀼른 콘서트」만 들을 것이다. 어디서나 「퀼른 콘서트」를 만나면 라인강이 눈앞에 흐르는 것을 볼 것이고 바람이 자신의 목을 만지는 것을 느낄 것이다.

서울에서 모로는 「퀼른 콘서트」를 휘파람으로 부는 한 여자를 만나게 될 것이고, 그리고 그는 곧바로 사랑에 빠지게 될 것이다.

아직 모로는 쾰른에 있다.

엄마.

모로가 거의 20년 만에 종이 위에 연필로 한글을
쓴다.

엄마.

금지가 암시하는 것

특별할 것 없는 아침이었다.

선주는 연습실에서 몸을 풀고 있었고 다른 동료들은 전날 팀원 전체가 단체 관람한 영화에 대해 이야기를 나누고 있었다.

연습실 벽에는,

잡담 금지, 잡념 금지.

빨간 글씨가 커다랗게 붙어 있었다.

선주는 영화의 초반부터 졸기 시작해서 영화에 대해서는 할 말이 없었다. 몸이 찌뿌둥했다. 발레를 그만두고 서커스를 시작한 지 10년이 넘게 흘렀는데 몸은 여전히 발레 동작을 기억하고, 발레에 기대고 싶어 했다. 서커스는 발레만큼 우아하지만, 훨씬 더 많은 집중력과 인내력이 필요한 일이다. 줄 하나에 매달려 공중에서 동작을 할 때 자칫 집중력이 흐트러지거나 힘이 빠지면 본인이 큰 부상을 입는 것은 물론이고 팀원들의 안전에도 치명적이다. 선주는 몸에서 발레를 지우기 위해 큰 근육을 더 많이 만들었고 남성 단원들이 주로 하는 역할을 자청했다. 발레에 대한 환상. 선주에겐 그런 게 남아 있지 않았다. 발레는 아름답지만, 중노동이다. 서커스는 아름답지만, 노동 이상의 것을 요구한다. 선주는 그렇게 생각했다.

나는 환상을 만드는 사람들에게는 책임이 있다고 생각해.

무슨 책임?

환상이 현실을 구조화한다면, 환상이 욕망을 구성한다면 말이야. 환상을 만든다는 건 한 시대의 욕망에 영향을 미친다는 의미이기도 하니까.

지금 순진하게 우리의 공연이 현실을 변화시킨다고 믿는 거야?

환상이 강화하고 있는 욕망이 무엇인지가 중요하다는 말이야.

나는 그것이 하나의 환상 시나리오가 표층적으로 보여주는, 혹은 표방하는 욕망보다 중요하다고 생각해. 환상이 현실에 아무 영향을 미치지 않는 가상일 뿐이라는 생각이 오히려 더 순진하지. 환상이 환상일 뿐이라면 사람들은 왜 그토록 환상을 원하지? 사람들은 환상을 통해 욕망을 실현하려는 게 아니야. 환상을 통해 자신들이 욕망하는 법을 배우고 싶은 거지. 뭘 욕망해야 할지, 어떻게 욕망해야 할지를 말이야. 내가 원하는 게 뭐지? 사람들은 여기에 대한 답을 얻고 싶어 한다고.

글쎄, 모든 환상을 뭉뚱그려서 그렇게 말할 수 있을까. 서커스를 보러 오는 사람들이 우리에게서 뭘 원하는 것 같아? 욕망하는 법? 아닐걸. 아슬아슬함.

아찔함. 우리가 목숨을 내걸고 하는 묘기. 스릴. 그 순간 자신의 현실에서 잠깐 벗어나는 것. 공중에 발이 붕 뜬 느낌. 그런 것들 이상의 어떤 것도 아니라고 생각하는데 난.

만약 한 영화가 엉뚱한 욕망을 생산하고, 그 시나리오가 사람들의 폭력적 욕망을 은근히 부추기고 자극한다면?

환상의 생산자가 환상 소비자의 욕망까지 책임져야 한다? 그건 좀 지나친 결론 같은데.

선주는 분명하게 기억하고 있다. 그날 아침 들었던 동료들의 뒤섞인 대화를. 선주는 한마디도 끼어들고 싶지 않았고, 영화를 안 보고 잠들어버린 게 차라리 다행이라고 생각했다. 선주는 말이 많은 건 질색이었고, 몸을 쓰는 사람들이 말이 많은 건 더더욱 질색이었다. 게다가 어디서 읽은 말들을 자신의 언어인 양 떠들어대는 것은 더욱이 견디기 힘들었다.

이날 아침 이들의 대화를 들으면서 선주가 한 생각
은 단 하나였다.

그만.

제발, 그만.

선주는 도움닫기를 시작했다. 그들의 소리로부터
멀리 떠올랐다. 몸이 붕, 소리를 내며 한 바퀴 허공
을 가로질렀다. 더는 그들의 목소리가 들리지 않는
곳까지 올라갔을 때, 올라가서 줄 끝에 거꾸로 매달
렸을 때 선주는 들었다.

비명.

아악—.

그게 선주가 들은 첫 목소리였다.

선주는 중심을 잃고 떨어졌다. 의식을 잃었다. 다
행히 바닥에 매트가 두껍게 깔려 있었기 때문에 큰
부상은 없었지만 선주의 귀는 그날 이후 꺼지지 않
는 라디오가 되었다.

선주의 귀는 한순간도 고요를 허락하지 않았다.

속삭임, 웅얼거림, 비명.

흐느낌, 하소연, 울음.

자조, 자책, 원망.

그로부터 몇 해가 흘렀다.

이제 선주는 비명 소리에 놀라지 않았고, 낯선 목소리 때문에 주위를 잃고 멍하게 멈춰 서는 일은 하지 않게 되었다. 하지만 목소리는 더 선명하게, 더 자주 선주를 찾아왔다.

사무실 한쪽 구석에 앉아 서커스에 대한 자료를 정리하던 선주가 문장과 문장 사이에서 환상, 이라는 단어를 본다. 환상이라는 단어가 그날 아침을, 선주의 동료들을, 서커스를 하던 선주를 불러온다. 선주가 공중에 거꾸로 매달린다. 선주의 심장이 꽉 쥐어진다. 동료들의 쓸데없는 진지함. 선주는 이제 그것이 가장 사무치게 그립다. 선주에게는 서커스에 대한 환상이 남아 있지 않다. 선주에게는 오직 아무 목소리도 들리지 않던 귀, 고요와 적막을 허락하던 귀, 그날 허공에 떠 있던 자신의 고요한 두 귀에 대한 환상만이 남아 있다. 선주는 어떤 것도 욕망하지 않는다. 선주의 욕망은 하나다. 오프. 모든 금지가 선주에게는 무의미하다. 선주는 어떤 금지에 대해서도 그것을 넘어설 수 있다는 환상을 갖지 않는다. 위반하고 싶은 금지. 위반할 수 있다는 환상. 선주가 넘어서고 싶은 것은 오직 환상.

목소리,

멀리서 찾아오는 목소리, 그리고,

멀고 먼 목소리들뿐이다.

명치를 꾹 누르면 나는 소리

토성에는 '치명적인 아름다움'이라는 말이 딱 어울리는 육각형 구름이 존재한다. 우주에 대한 경외감을 불러일으키는 육각형 구름의 정체는 바로 무시무시한 소용돌이다. 최근 영국, 프랑스 등 국제 연구팀은 토성의 육각형 구름이 높이 300킬로미터를 넘어서 성층권에 다다를 만큼 마치 탑처럼 우뚝 솟아 있다는 연구 결과를 발표했다. 폭은 무려 3만 2,000킬로미터로 지구 두 개쯤은 쏙 들어갈 만큼 크며 시속 320킬로미터에 달하는 강풍이 분다. 토성의 소용돌이는 지난 1980년 보이저 1호가 처음 관측한 이래 지금도 지속되고 있다.+

이것 좀 봐.

나는 아무것도 보이지 않는 창밖을 하염없이 보고 있는 당신에게 신문을 펼쳐 보였지. 기억나? 당신은 비행기가 이륙한 뒤로 줄곧 창밖만 바라보고 있었어. 몇 년 만에 홍콩에 돌아가는 기분이 어때? 내가 물어도 당신은 웃기만 했어. 밖은 캄캄하고 창에 비치는 건 당신 얼굴뿐인 것 같은데도 계속 창을 바라봤어. 토성의 소용돌이는 보랏빛이었지. 지구가 두 개쯤 들어갈 만큼 커다란 소용돌이. 지상의 모든 것을 날려버릴 만큼 강한 바람이 부는 소용돌이가 이렇게 아름다울 수 있다니. 나는 신문기사를 넋 놓고 읽다가 당신을 보았지. 당신은 여전히 창밖 어둠을 보고 있었어. 그때 당신은 거기에서 무엇을 보고 있었을까. 토성의 소용돌이는 지난 1980년 이래 지금도 지속되고 있다. 나는 그 문장으로 다시 눈을 돌렸어. 인간이 하나의 별이라면, 인간에게도 모두 하나의 소용돌이가 있다면. 잠깐 그런 생각을 했던가.

당신은 지금 어느 소용돌이 안에 있는 걸까. 나는 이 소용돌이의 바닥까지 내려가면 밖으로 나갈 수 있는 걸까. 내 몸을 찾을 수 있는 걸까. 당신의 목소리가 더는 기억나지 않아. 아무리 떠올리려고 해도 당신의 목소리가 기억나지 않는다. 그래도 나는 멈출 수 없어. 당신에게 어떻게 하면 돌아갈 수 있을까. 나는 내가 말하는 소리, 내 목소리를 듣는 것으로밖에 나를 확인할 길이 없어. 나는 말할 수 있고, 나는 내가 하는 말을 들을 수 있어. 가끔 내가 죽은 것은 아닌지 생각해. 나는 이미 죽었고 내 귓가에 들리는 이 많은 목소리들이 모두 죽은 자의 것은 아닌지. 당신에게 어떻게 하면 돌아갈 수 있을까. 나는, 당신은. 어디에 있는 걸까.

그래서 네가 원하는 건 뭐야?

그해로부터 7년이 흘렀다. 그해 아무 일도 없었어. 아무 일도 없었던 그날을 떠올리면 멀리 서 있는 한 그루 나무가 떠올라. 그 나무는 붉고 푸르다. 아주 멀리 있고 가까이 있다. 7년 동안 달라진 것은 아무것도 없다. 달라지지 않은 것도. 나는 그동안 아무나 의심했다. 오해하는 것은 아닐까. 아무도 믿지 못했다. 지금 나를 둘러싸고 있는 것은 뭘까. 나는 내 목소리에 온종일 매달렸다. 하지만 아무리 생각해도 그날. 아무 일도 없었다. 내가 이해하지 못하고 있는 그날. 아무 일도 없었던 그날이 내 삶을 송두리째 바꾸어 놓았다. 내가 내 삶을 다 던지겠다고, 내 삶을 온전히 던지겠다고 생각한 적도 없는데. 그날은 내 삶을 내 안에 가만히 두고 나를 내던져버렸다.

목소리는 야산 중턱에 있는 나무에 걸려 있어. 나무 주위를 서성여. 느낄 수 있어. 내가 당신의 손을 놓치던 순간. 침사추이에서 센트럴로 건너가는 페리 위로 수천 번, 수만 번 돌아가는 것처럼. 이 목소리는 7년 전, 한 나무 주변을 떠나지 못해. 나는 알 수 있

63

어. 여자의 목소리. 아무것도 기억하지 못하는 여자의 불안한 목소리. 아무 일도 없었다. 반복하는 겁에 질린 목소리. 당신에게 대체 무슨 일이 있었던 것인가. 필사적으로 모든 상상을 거부하는 목소리. 몇 개의 목소리를 통해서 나는 알았어. 그들도 나처럼 마지막을 기억하지 못한다는 것. 내 기억이 깊은 바닷속에 가라앉은 것처럼 그들의 기억도 어느 한순간 정지되었다는 걸. 그런데 시간이 얼마나 흐른 걸까.

  아, 아

  아,

  아, 아, 아

  아,

  아.

  이 생을 모두 외우고 나면 나는 이 목소리 밖으로 나갈 수 있는 걸까.

왜 저래, 왜 저래.

왜 저래,

왜 저래.

이 목소리 바깥으로 나가 당신의 손을 잡을 수 있
는 걸까.

스스로 절망적이라고 느낄 때가 있어.

나는 있는 힘을 다해 팔에 힘을 준다. 온 힘을 다
해 손을 뻗는다. 나의 두 손은, 두 팔은, 두 다리는.

텅 빈 목소리.

나는 목소리로 남는다. 나에게 남은 것이 당신의
손을 잡을 수 있는 손도, 당신의 등을 안을 수 있는
팔도, 당신을 향해 달려갈 수 있는 두 발도 두 다리
도 아닌 목소리뿐이라는 것을. 나는, 안다.

당신에게 어떻게 돌아갈 수 있을까.

나는 그치지 않고 당신을 외운다.

홍콩의 야경이 한눈에 내려다보이는 호텔 방에서
나는 벌거벗은 당신을 안고 있어.

당신의 등은 곧고,

당신은 아름다운 몸을 가졌지.

나는 당신의 등을 안고 있는 게 좋아.

말하지 않는다.

당신의 배를 손끝으로 더듬다가 명치를,

오른손 세 개의 손가락 끝으로 당신의 명치를 꾹
누른다.

당신이 반사적으로 허리를 굽히며 억, 소리를 낸다.

나는 그 소리를 유심히 들어.

뭐 하는 거야?

얼굴이 빨개진 당신이 나를 향해 돌아눕는다.

생각보다 높네.

뭐가?

당신은 내 가슴과 가슴 사이, 가슴과 가슴 사이를 손가락으로 문지르다가 명치를 살며시 누른다.

방금 낸 소리.

조금 더 세게 눌러봐. 지금보다 좀 더 세게.

억,

이건 내 소리.

명치를 누르면 나는 소리?

응, 사람의 명치를 누르면 나는 소리가 그 사람의 진짜 목소리래.

인간은 급소가 눌리면 진짜 목소리를 낸다고?

내 진짜 목소리 기억해. 나는 당신의 진짜 목소리를 기억할게.

당신의 목소리가 내 가슴과 가슴 사이를 지나 명치에 맺힌다.

다음 날. 아침부터 밤까지. 홍콩의 거리와 거리를 헤매고, 카이케이 면식과 공원 벤치를 지나. 시계탑 아래의 연인들을 보다가. 나는 당신의 진짜 목소리를 떠올린다. 명치가 울린다. 당신이 내 명치를 살며시 눌러온다. 당신이 내 영혼을 지그시 누른다.

명치에 작은 소용돌이가 돌기 시작한다. 기둥이 선다. 멈추지 않는다.

당신에게 어떻게 하면 돌아갈 수 있을까.

사일런트 페달

계속 돈다.

계속 돈다.

계속 돈다.

발레리노의 모습이 화면을 가득 채운다.

그는 돈다.

그는 돈다.

그는 돈다.

루이는 애길의 장례식에 애도의 편지 대신 영상을
준비했다. 애길을 기억하는 사람들이 작은 성당에

모였다. 모로는 맨 앞줄에 앉아 있다. 루이는 영상의 배경음악으로 애길이 연주한 「골드베르크 변주곡」을 선택했다. 주제 선율의 변화에 따라 발레리노의 턴 속도가 바뀌었다. 루이는 애길을 피아니스트로 먼저 알았다. 작은 삼촌의 아내가 되기 전에도 루이는 애길의 연주를 좋아했다. 루이는 애길이 바흐만 고집하는 이유를 알았다. 바흐에게서 애길은 루이와 같은 것을 본 것이다. 루이는 애길과 한 번도 그것에 대해 이야기를 나눈 적이 없지만, 정확하게 느낄 수 있다. 루이는 애길이 바흐를 벗어날 수 없었던 이유를 안다.

계속 돈다.
계속 돈다.
계속 돈다.

영상은 12분 51초 동안 계속되었고,

듣는다.

듣는다.

듣는다.

발레리노는 멈추지 않았다.

루이는 그사이 흐르는 눈물을 닦았고, 모로는 끝까지 울지 않았다.

이미애. 인권 변호사. 2015년. 사망.

모로는 발레리노의 발끝을 보며 결심했다.

서울로 갈 것이다.

"같은 강물에 두 번 발을 담글 수 없다."

당신의 성향, 능력, 욕구

악樂이란 것은 천연으로 생겼으나 사람에게 매여 있으며 허에서 발하여 자연으로 이루어지는 것이니 사람의 마음으로 하여금 느껴 혈맥을 고동치게 하며 정신을 유동케 하는 것입니다.

느낀 바가 같지 않으면 발하는 소리도 같지 않아 기쁨을 마음에 느끼면 소리 흐트러지며, 노염을 마음에 느끼면 소리 거칠어지며, 슬픔을 마음에 느끼면 소리 급해지며, 즐거움을 마음에 느끼면 소리 늘어지는 것입니다.#

선주는 『악학궤범』의 이 두 문장이 좋았다.

귓가에 들리는 목소리.

보이지 않고 잡히지 않는 목소리.

누구의 것인지, 어디에서 오는 것인지 알 수 없는 목소리들을, 악樂으로 흘려 들어야 살 수 있다고, 그래야 자신의 삶을 붙잡을 수 있다고, 선주는 생각했다.

목소리에 대한 책들을 닥치는 대로 찾아 읽다가 '악학궤범'이라는 제목이 마음에 들어서 별 기대 없이 집어 들었던 이 오래된 음악 책에서 선주는 이상한 위로를 받았다. 위로가 필요했나. 고작 위로가. 선주는 맥없이 웃었다. 문장을 외웠다.

"천연으로 생겼으나."

목소리들은 갑자기 찾아왔다. 이유를 찾아보려고 했지만 어떤 단초도 찾지 못했다. 허공에 어떤 스위치가 있어서 그것이 선주가 공중제비를 돌 때 눌린 것이 아니라면. 선주는 그날이 다른 어떤 날과 달랐던 점을 찾아내지 못했다. 목소리들은 천연으로 생겨났다. 목소리들은 선주의 성향, 능력, 욕구와 무관하게 어느 날 갑자기 찾아왔다. 수두나 수족구처럼. 앓고 사라지지 않았다. 끊임없이 지직거리는 라디오. 쉬지 않고 수신하는 수신기.

"사람에게 매여 있으며."

목소리는 사람에게서 사람에게로 왔다.

목소리는 파괴되지 않는다.

선주는 비명 다음으로 이 문장을 들었다. 목소리는 선주에게 매여 있었고, 선주는 목소리의 주인들에게 매여 있었다. 선주는 쉼 없이 찾아드는 목소리들을 가사를 알아들을 수 없는 노래로, 척추를 타고 올라오는 관악기의 소리로 흘려버리고 싶었다. 하지만 영혼을 뒤흔드는 음악이 그런 것처럼 목소리들은 선주의 마음을 움직였다. 선주의 정신을 움직였다. 선주를 지배했다.

선주는 어떤 소리에 기쁨을 느꼈다.

나는 먹는 게 좋아, 맛있어.

선주는 어떤 소리에 노염을 느꼈다.

쓰레기 같은 새끼, 너 같은 새끼는 쓰레기도 아깝다.

핥아, 더 싹싹 핥아.

두 무릎으로 기어.

더 납작 엎드려.

빨아, 더, 더.

밤마다 들었어. 밤마다. 밤마다.

살려줘. 잘못했어.

잘못했어. 살려줘.

선주는 어떤 소리에 슬픔을 느꼈다.

엄마,

엄마.

아가,

아가.

선주는 어떤 소리에 즐거움을 느꼈다.

파파파파 파미미미

미솔도레미 파파파파 파미미미 레레레도

썰어 놓은 양배추, 채친 양배추, 쓴 양배추,

마요네즈, 케찹, 찹찹찹.

선주가 듣는 소리는 흐트러지고, 거칠고, 급하고,

늘어졌다.

계절에도 목소리가 있다.

여름의 소리는 한꺼번에 쏟아지는 빗소리, 매미

소리, 아이들이 늦은 밤 공 차는 소리.

여름 목소리는.

선주는 중얼거렸다. 허공, 허공.

선주는 갑자기 눈물을 흘렸다. 주저앉아 울었다.

두 팔을 들었다. 허공을 안았다. 허공, 허공.

선주는 웃었다. 살며시 웃었다. 터져 나오는 웃음을 참지 못해 도서관에서, 사무실에서, 길거리에서.

사람들이 선주를 돌아봤다.

선주는 불러도 대답하지 않았다.

선주는 잘 듣지 못했다.

선주는 자꾸 엉뚱한 대답을 했다.

네? 지금 저한테 뭐라고 하셨어요?

저 부르셨나요?

선주는 허공을 향해 손을 흔들었다.

안녕, 안녕.

또 와.

잘가, 안녕.

꺼져. 멀리 꺼져버려.

선주는 허공을 향해 주먹을 날렸다.

너도 이제 그만 결혼을 해.

건강하고, 부지런하고, 말 잘 듣는 사람이면 돼.

잘난 거 다 필요 없고.

그런 사람으로 태어난 사람은 없어. 그렇게 만들어

가는 거지.

내가 기억하는 말은 이런 말.

나는 그때 건강하고 부지런하고 말 잘 듣는 사람이

되고 싶었지.

나는 내 말 좀 잘 듣는 나와 사이좋게 지내고 싶

었어.

선주는 아이의 목소리와 어른의 목소리를, 여자의

목소리와 남자의 목소리를 어렴풋이 구분하게 되었

다. 젊은 여자의 목소리나 젊은 남자의 목소리. 선주

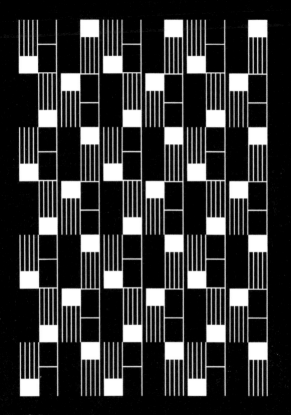

암송 윤해서 소설

음ㅈㅇㅊ

매일 오늘만 산다고 생각해.

아침에 일어날 때 오늘도 태어났구나.

밤에 잠들 때 기도해.

한 번만 더 살게 해주세요.

매일 딱 한 번만 산다고 생각해.

윤해서 소설 『암송』 中

아르테 한국 소설선 작은책

'작은책' 시리즈는 오디오 소설로도 감상할 수 있습니다.
〈팟빵〉, 〈밀리의 서재〉에서 '작은책'을 검색해 주세요.

arte

는 자신 또래의 목소리라고 생각되는 목소리를 들으면 묻고 싶었다. 몇 살일까. 궁금했다.

혼자 있을 때,

저, 들리나요?

내 말 들려요?

말을 걸어보기도 했다.

당신에게 어떻게 돌아갈 수 있을까. 생각해. 어제는 골똘히 생각하다가 하루 종일 아무 말도 하지 못해서 나는 하루만큼 희미해졌다. 당신에게 어떻게 돌아갈 수 있을까. 처음에는 당신의 손을 놓치던 순간을 떠올려보려고, 당신의 손을 잡고 있던 내 손을 기억해내려고, 애를 써봤어. 가만히, 가만히 한곳을 바라보았지. 한곳을 바라보고 있다고 생각했어. 아주 잠깐은 눈을 감고 눈의 뒤편을 바라보는 그런 기분이 들기도 했어. 그런데 그런 순간이 있었나. 당신의 손을 놓치던 순간. 그런 순간은 떠오르지 않아.

내가 꽤 오래 당신의 손을 잡고 있던 것은 분명한데.
그날 우리는 오래 걸었어. 바다는 잔잔했고 페리는
천천히 움직였지. 〈심포니 오브 라이트〉, 빛의 공연
이 끝나고 당신과 나는 침사추이에서 센트럴로 가는
페리에 탔어.

그리고 어느 날 한강을 따라 걷다가 선주는 들었다.
미소의 목소리.

당신에게 어떻게 돌아갈 수 있을까.

이 여자는 누군가를 찾고 있다.

당신을 기억해.

찾아주고 싶다. '당신'은 어디 있는가.

중단

눈금자를 가져본 적이 없다.

인과의 세계인 낮과
초과의 세계인 밤.

현웅은 미소의 번진 글씨를 본다. 글씨는 형태를
알아보기 힘들게 번져 있다. 눈금자를 가져본 적이
없다. 현웅은 공원 안에 있는 박물관에서 10세기의
기와 조각들을 보다가, 미소가 수첩을 꺼내 메모하
는 것을 보았다. 미소는 빨간 힙색에서 수첩을 꺼내
볼펜으로 눌러 적었다.
핸드폰 메모장이 더 편하지 않아요?

학회에서 미소를 처음 만났을 때 현웅은 물었다.

이게 더 편해요.

미소는, 그런 참견할 사이는 아닌 거 같은데요, 하는 눈빛으로 현웅을 빤히 보았다. 미소는 첫 발표자가 발표를 시작할 때 강의실에 들어왔고, 출입문에서 가장 가까운 빈자리인 현웅의 옆자리에 앉았다.

현웅은 학회 내내 미소만 보았다. 미소가 수첩에 꼼꼼히 적어 내려가는 내용이 궁금했다.

처음 뵙는 거 같은데, 어느 학교에서 오셨어요?

마지막 토론자의 질문과 토론까지 끝나고 가방을 챙겨 일어나려는 미소에게 현웅이 물었다. 미소는 현웅을 빤히 보더니 아무 대답도 하지 않고 빠른 걸음으로 강의실을 빠져나갔다.

기억나?

그날 너 정말 예뻤어. 한눈에 반한다는 게 이런 거구나. 그날 알았지.

현웅은 미소의 손을 잡고 있었다.

미소는 미동도 없다.

현웅은 고개를 숙여 누워 있는 미소의 배 위에, 자신과 미소의 손 위에 머리를 기댔다. 미소는 몇 달째 의식이 없다.

코마 상태의 환자 중에 10에서 20퍼센트는 의식이 있다는 연구 결과가 있습니다. 한 의사가 코마 상태의 환자에게 테니스 치는 상상을 해보라고 했어요. 그때 환자의 뇌파가 테니스 치는 모습을 상상할 때 인간의 뇌에서 일어나는 반응과 똑같은 반응을 했다고 합니다. 물론 드문 경우죠. 그런 경우도 있다는 말씀입니다.

매일 병실을 지키고 있는 현웅이 안쓰러웠는지 의사가 말했다.

제가 하는 말을 들을 수도 있다는 건가요?

현웅이 물었다.

그럴 수도 있다는 겁니다.

모든 확률이 제로는 아니라는 거죠.

미소는 그 순간에도 잠들어 있었다.

현웅이 보기에 미소는 아주 깊은 잠에 빠진 것 같았고, 손가락 하나도 움직일 수 없는 깊은 어둠을 헤매고 있는 것 같았다.

어쩌면 지금 우리가 나누는 대화가 모두 들릴 수도 있겠죠.

현웅은 침대 옆에 주저앉았다.

들려?

미소야,

미소야.

미안해.

현웅은 울었다.

어떤 말도 미소에게 할 수 없었다.

미소의 손을 꼭 잡았다.

너에게 홍콩을 보여주고 싶다고 생각하지 않았다면.

가기 싫다는 너를 굳이 설득해서 홍콩까지 가지 않았다면.

그날 조금 일찍 호텔에 들어가 쉬었다면.

대관람차는 애들이나 타는 거라는 네 말을 들었다면.

시계탑 아래 그 연인들처럼 멈춰 섰다면.

현웅은 자신의 명치가 뭉툭한 무엇에 깊게 찔린 것 같은 통증을 느꼈다.

당신의 목소리.

너의 진짜 목소리를 기억해.

그날 밤, 너의 웃음소리,

등 뒤에서 전해지던 네 가슴이 오르내리는 느낌.

너의 숨. 네가 내 배 쪽으로 손을 뻗던 느낌, 손끝으로 명치를 누르던 거.

현웅은 자신의 목소리를 견디기 힘들었다. 미소는 몇 달째 의식을 잃고 누워 있고 자신은 이렇게 아무렇지 않게 숨 쉬고, 말하고, 기억하고 있다는 것을 견디기 힘들었다.

　미소의 번진 글씨를 내려다보았다.

　초과의 세계인 밤.

　초과의 세계인 밤.

　번진 글씨가 더 흐릿하게 뭉개져 보였다.

　그날 학회에서 널 만나지 말았어야 했다.

　나는 홍콩에서 돌아오지 말았어야 했다.

　나는 그 학교에 근무하지 말았어야 했다.

　나는 너를 만나지 말았어야 했다.

　교직원 식당에서 두 번째 너와 마주쳤을 때 나는 너를 모른 척했어야 했다.

　기획처에 볼일도 없이 자꾸 너를 찾아가지 말았어야 했다.

　나는 그 모든 것을 멈췄어야 했다.

　이제 아무것도 멈출 수 없다.

돌무더기

도착.

모로는 비행기 창으로 빼곡한 땅을 내려다본다.

빼곡하다.

모로가 상공에서 도착보다 먼저 떠올린 단어는 빼
곡하다, 이다.

비행기는 몇 번의 난기류를 만났다.

기체가 심하게 흔들렸다. 모로는 깨지 않고 깊은
잠을 잤다.

제자리에 있다고 생각해본 적이 없다.

제자리는 없다.

꿈에 엄마를 보았다.

엄마가 모로에게 말했다.

제자리에 있다고 생각해본 적이 없다, 아가.

모로는 서늘한 느낌에 잠에서 깼고, 승무원들은 분주하게 착륙 준비를 하고 있었다. 안전벨트를 하고, 의자를 바로 세우라는 기내 방송이 나왔다.

이 분주함이 모로를 현실로 불러온다.

창을 모두 열어주세요.

승무원들이 좁은 통로를 바삐 움직인다.

유홍상의 책이 앞좌석 등받이에 꽂혀 있다. 책은 두고 내릴 것이다.

엄마와 딱 한 번 함께 왔던 한국.

모로는 기억이 희미한 어느 때, 아직 학교에 다니기 전이었던 시절 단 한 번 한국에 온 적이 있었다.

기억 속 엄마는 어딘가를 찾고 있다.

모로의 손을 꼭 잡고 어딘가를 찾아간다.

오르막길을 오른다.

사람들에게 길을 묻는다.

지나가는 낯선 사람들. 사람들은 엄마와 모로를

번갈아 본다. 모로는 검은 머리에 검은 눈동자, 엄마
를 쏙 빼닮은 꼬마다.

엄마는 사람들이 더 이상 보이지 않는 좁은 길을
한참을 더 가서 어딘가에 도착한다.

텅 빈 땅에 잡초가 무성하다.

돌들이 쌓여 있다. 모로는 돌무더기를 향해 달려
간다. 엄마를 돌아본다. 엄마는 모로를 보지 않는다.

모로는 돌을 하나 집어 든다. 손에 꼭 잡히는 작
은 돌.

모로가 엄마를 돌아본다.

엄마는 가만히 서 있다.

엄마가 붉다.

모로의 기억은 멈춘다. 엄마는 빛 속에 서 있다.

거기가 어디였어요?

모로는 엄마에게 물은 적이 있다.

어딜 말하는 거니?

엄마는 모로의 눈을 피한다.

엄마는 기억하고 있는 게 분명하다.

모로는 엄마가 피아노 앞에 앉는 것을 본다. 엄마가 피아노로 도망치는 것을 본다. 서둘러 엄마 방의 문을 닫고 나온다. 엄마 방과 현관 사이의 복도를 빠른 속도로 달린다. 집을 빠져나온다. 쾅.

현관문이 닫힌다.

이 비행기는 서울에 도착했습니다.

휘이

선주는 달린다.

퇴근하고 돌아오면 선주는 운동복으로 갈아입고 달린다. 한참을 달려 한강에 도착한다. 한강을 따라 또 달린다.

헉, 헉,

숨이 차오르고,

두 귀에 선주의 심장 소리와 숨소리, 그리고 목소리들이 가득 찬다.

선주는 달린다.

라디오는 꺼지지 않는다.

어디서 오는 소리일까.

홍콩의 야경이 한눈에 내려다보이는 호텔 방에서
나는 벌거벗은 당신을 안고 있어.

　당신의 등은 곧고,

　당신은 아름다운 몸을 가졌지.

　나는 당신의 등을 안고 있는 게 좋아.

　말하지 않는다.

　당신의 배를 손끝으로 더듬다가 명치를,

　오른손 세 개의 손가락 끝으로 당신의 명치를 꾹
누른다.

　당신이 반사적으로 허리를 굽히며 억, 소리를 낸다.

　미소는 말한다.

　선주는 미소가 벌거벗은 당신을 안고 있다고 말할
때 미소가 안고 있는 벌거벗은 등을 떠올린다. 뜨겁
다. 당신의 배를 손끝으로 더듬다가. 선주는 뜨거워
진다.

　오른손 세 개의 손가락 끝으로 명치를 꾹 누른다.

선주는 멈춘다.

헉, 헉. 숨을 몰아쉰다.

손끝으로.

오른손 세 개의 손가락 끝을 자신의 명치에 가져다 댄다.

꾹, 누른다.

억, 소리가 날 만큼 누르려면 생각보다 세게 눌러야 한다는 것을 깨닫는다. 성공하지 못한다.

당신은 어디 있을까.

선주는 미소의 목소리라는 것을 단번에 안다. 미소는 언제나 당신,에게 말한다. 다른 목소리들과 달리 미소는 오직 당신에게만 말한다.

선주는 미소가 홍콩 페리에 타고 있었다는 것을 기억한다. 선주는 미소가 찾고 있는 당신이 홍콩에서 오래 살았던 남자라는 것을 기억한다. 선주는 미소의 말을 모은다. 기억한다. 당신은 어디 있을까.

미소를 찾고 싶다.

선주는 달린다.

강을 따라 달리다가 강 다리 위로 올라간다.

차들이 빠른 속도로 달려간다.

발사된 시간 같다.

선주는 달린다.

다리 중간에 멈춰 선다.

헉, 헉, 숨을 몰아쉰다. 다리 난간에 기대어 선다.
강이 한 방향으로 흘러가고 있다.

휘이 휘이.

선주는 휘파람을 분다.

음악을 듣지 못하게 되면서 선주는 음악이 그리울
때 휘파람을 분다. 음악을 듣고 있어도 끼어드는, 음
악과 무관하게 지속되는 목소리 때문에 선주는 음
악을 듣지 않는다. 음악을 기억한다. 음악을 그리워
한다.

발레와 음악의 관계는 몸과 영혼의 관계와 가깝다.

서커스와 음악의 관계는 몸과 맥박의 관계와 가

깝다.

선주는 인생 대부분의 시간을 음악 속에서 보냈다. 선주의 귀는 예민하게 음악을 기억했다.

휘오, 휘오,

선주는 눈을 감고 피아노 건반을 달린다.

휘이이,

「쾰른 콘서트」의 음들을 기억해낸다. 휘파람을 분다. 입술이 뻐근해질 때까지 선주는 휘파람 소리에 빠져 있다. 누군가 가까이 다가온다. 선주는 누군가 가까이 다가오고 있는 것을 모른다. 그 누군가가 선주를 지나쳐 걸어간다. 걸어가던 남자가 멈춰 선다. 버스와 트럭이 경쟁하듯이 빠른 속도로 달려간다. 다리가 흔들린다. 선주는 이 흔들림이 좋아서 다리에 올라온다. 이렇게 커다란 다리도 흔들린다. 차들은 불안을 벗어나려는 것처럼 질주한다. 차들이 달리며 내는 굉음 때문에 오히려 귓가의 목소리가 잘 들리지 않는다. 목소리가 집어삼켜진다. 휘, 휘,

휘파람이 선주의 동그랗게 모은 입술 사이를 빠져 나간다.

선주 옆에 한 남자가 서 있다.

모로는 선주의 휘파람 소리를 듣고 있고, 강은 모로와 선주의 발아래서 같은 방향으로 흘러가고 있다.

모로는 마포에 있는 호텔에 짐을 풀었다. 호텔 앞에서 택시를 타고 한강에 왔다. 한강을 따라 걷다가 강가 벤치에 앉았다. 한참을 벤치에 앉아 있었다.

나는 왜 여기에 와 있는가.

"같은 강물에 두 번 발을 담글 수 없다."

모로는 웃었다. 이 문장을 한강에서 떠올리고 있다니.

서울.

모로는 서울이라고 소리 내서 말해보았다.

엄마의 고향. 엄마의 도시.

강 건너 건물들에 하나, 둘 불이 켜지기 시작했다.

모로는 사방이 완전히 어두워질 때까지 꼼짝 않고 앉아 있었다. 벤치에 앉아 올려다보던 다리로 올라갔다.

지도를 따라, 다리를 건너, 호텔까지 걸어가야지.

다리 위에서 본 서울 야경은 아름다웠다. 차들이 달려갈 때마다 다리가 흔들렸다. 모로는 자신이 대학 시절 아르바이트로 번역한 책에서 서울 야경에 대한 묘사를 본 적이 있었다.

모로는 그 문장들을 떠올리면서 천천히 걸었다. 다리 중간에 한 여자가 서 있는 것이 보였다. 여자의 뒤로 묶은 긴 머리가 바람에 날렸다.

모로는 엄마의 손가락이 건반 위를 빠른 속도로 지나가는 것을 보았다.

모로는 엄마의 연주가 그리웠다.

오늘 엄마의 연주는 머시룸 수프 같아.

모로는 엄마의 연주를 음식에 비유하는 게 좋았다.

오늘은 당근 머핀.

모로는 엄마와 마주 앉아 당근 머핀을 먹으며 천천히 걸었고, 여자를 지나쳤다.

　휘, 휘이—.

　「퀼른 콘서트」의 도입부.

　분명하다.

　모로는 멈춰 섰다.

　여자의 연주를 들었다.

　차들이 굉음을 내며 달려갈 때에도 여자의 휘파람은 분명하게 들렸다. 음역대가 다른 걸까. 모로는 궁금했다. 모로는 당근 머핀을 내려놓고 여자의 휘파람 속으로 걸어 들어갔다.

변성기

『세계사의 100대 사건』에 실린 첫 번째 사건은 "역사의 시작"이다. "역사시대는 약 5,500년 전 인류가 최초의 문자화된 기록을 남기면서 시작된다." "원시사회의 신앙에 관해 알려진 것은 별로 없다. 그러나 그 시대의 조각품들을 보면 인류는 최소한 1만 년 전부터 초자연적인 존재나 영혼의 실존을 믿었던 것 같다."◇

역사시대는 역사를 기록한다. 역사를 만든다. 역사는 인간을 기억하지 않는다. 역사가 기록하는 것은 사건이다. 몇몇 이름들은 사건이 된다. 그 이름들 중 몇몇은 역사의 목에 걸린 가시가 되고, 그 이름들 중 몇몇은 역사의 눈동자에 박힌 별이 된다. 역사는 울지 않는다. 역사를 기억하는 자들이 역사의 눈동자에 박힌 별을 발견한다. 잊지 못한다. 그 영혼의 실존을 믿는다.

모로는 역사를 믿지 않았다. 모로에게 역사란 엄마의 피아노 건반 위에서 물처럼 흘러간 시간, 루카스, 그의 아버지가 살아 있던 그의 유년 시절, 그리고 지금. 루카스도 애길도 사라진 혼자만의 시간. 그에게 역사의 구분이란 이런 것이었다.

모로는 영혼을 믿고 싶었다. 엄마의 영혼이 엄마의 연주에 깃들어 있다고 믿었다. 엄마가 연주할 때 엄마는 분명히 거기에 혼신을, 실었다. 모로는 분명 보았다. 엄마의 연주에서 그것을 느꼈다. 엄마가 살아 있을 때나 살아 있지 않을 때. 똑같이. 턴테이블 위에서 엄마의 영혼은 춤춘다. 엄마의 영혼은 피아노의 건반과 건반 사이를 걷는다. 검은건반에서 흰 건반으로 뛰어내린다. 온몸을 던진다. 모로는 영혼을 믿고 싶었다.

그날 아침, 엄마는 다른 날처럼 피아노 앞에 앉았다. 악보를 펼쳤다. 엄마는 엄마 인생의 마지막 날 아침에도 피아노 앞에 앉았었다. 마지막 날은 아직 엄마에게 도착하지 않았다. 그날은 2015년 11월 14일이었다. 모로는 분명히 기억했다. 전화벨이 울렸다. 전화를 받는 엄마의 얼굴이 하얗게 질렸다. 모로는 공방에 나가기 전, 엄마에게 인사를 하기 위해 엄마 방에 들렀다. 모로가 열세 살 때 루카스가 세상을 떠났다. 아버지가 세상을 떠난 뒤로 모로는 줄곧 엄마와 둘이 살았다. 엄마를 큰 집에 두고 독립할 생각을 하지 않았다. 대학을 졸업하고 바이올린 제작자로 살겠다는 결심을 전했을 때 엄마는 진심으로 기뻐해 줬다.

바이올린을 만드는 건 영혼을 만드는 것과 같지. 멋있구나, 아들.

엄마는 출근 인사를 하는 모로의 뺨에 입을 맞췄다.

모로는 방문을 열었고, 아직 방문 손잡이를 잡고
있었다.

전화벨이 울렸고, 모로는 뒤를 돌아봤다. 엄마가
피아노 앞에 서 있었다. 엄마의 몸이 심하게 떨렸다.
모로는 그대로 서 있었다. 무슨 일인지 조금도 추측
할 수 없었다. 루카스가 갑작스런 교통사고로 세상
을 떠났을 때도, 엄마는 이렇게 놀라지 않았다. 모로
는 언제나 담담한 엄마를 이렇게 떨게 만드는 일이
무엇인지 두려웠다. 심장이 두 귀에서 뛰었다. 손끝
이 뜨거워졌다.

엄마, 괜찮아요?

애길은 모로가 곁에 서 있다는 것조차 의식하지
못하는 것 같았다. 엄마가 한국 인터넷 포털에 접속
한 것을 본 것은 그때가 처음이었다. 엄마는 포털 사
이트 메인에 있는 신문 기사 하나를 클릭했다.

인권 변호사, 이미애, 사망.

모로는 기억했다. 그리고 그 이름을 유홍상의 책

에서 두 번째 마주했을 때, 모로는 알았다.

엄마의 가족.

엄마의 딸.

엄마는 한 번도 그에게 다른 형제가 있다는 이야기를 해준 적이 없었지만 모로는 유홍상의 작가 후기를 읽을 때, 2015년의 그날을 떠올렸다.

시위대를 진압하는 과정에서 사상자가 발생했다. 모로는 그 기사를 기억했다.

이미애.

미애.

엄마는 미애, 하고 부르기만 했다. 단 한 번.

이미애. 그 이름을 책에서 발견했을 때 모로는 알았다.

바로 그 이름을 부르기 위해.

엄마는 유홍상이 제안한 책 출판을 허락했다.

미애가 살았던 서울로 가야 한다.

모로는 서울에서 그가 해야 할 일이 있다는 강한

예감을 느꼈다. 이미애는 죽었다. 그래도 나는 엄마의 딸을 찾아간다. 찾아가야 한다.

독일말을 참 잘하는구나.

네, 독일 사람이니까요.

독일말을 잘하시네요.

네, 독일인이거든요.

모로는 수도 없이 말했다. 같은 고통을 토로한 다른 한국계 독일인의 인터뷰 기사를 봤다. 누구나 똑같구나.

서울에 가면 한국말을 참 잘하시네요, 라고 듣게 될까.

모로는 변성기를 핑계로 한동안 독일어도 한국어도 말하지 않았다. 오랫동안 입을 닫고 있었다.

엄마는 기다렸다.

아무것도 묻지 않았다.

엄마는 모로의 상처에 제일 가까운 목격자였다.

엄마는 모로의 목소리가 거의 변했을 때 말했다.

네 목소리는 루카스의 것도 내 것도 아니야. 독일의 것도 한국의 것도 아니란다.

그건 오직 네 것이야, 아가.

모로는 더는 피하지 않아야 한다는 것을 알았다.

당신들을 원망하지 않아요.

낯선 목소리가 모로의 입을 통해 나왔다.

한국말을 참 잘하시네요.

서울, 한강, 다리 위에서 방금 전에 선주가 모로에게 말했다.

한국 사람이 그에게 처음 한 말.

모로는 웃었다.

맹점

불교의 맹점은 인간은 어떻게 윤회에 빠지게 되었을까에 대해서는 설명하지 않는다는 겁니다. 인간이 윤회의 바퀴에 걸려 있다면, 왜 거기에 걸려들게 되었는지. 그 왜에 대한 설명이 없죠.

당신이 그렇게 말했어. 첫 데이트였나.

종교가 있나요?

당신이 물어서 내가,

할아버지와 아버지는 목사님이고, 언니와 저는 불교 신자예요.

대답했지.

신자라. 신을 믿어요?

재미있다는 얼굴로 당신이 물었어.

나는 신을 몰라요. 그래서 믿고 싶어요. 종교는 인간의 일이죠.

신의 이름은 신이 지은 게 아니잖아요. 신은 자신에게 이름이 여럿이라고 재미있어 할지도 모르죠. 저는 그냥 할아버지와 아버지의 교회에 다니고 싶지 않았을 뿐이에요.

그때 당신이 그랬어.

불교의 맹점은 인간은 어떻게 윤회에 빠지게 되었을까에 대해 설명하지 않는다는 겁니다. 제 생각은 아니고, 지젝의 말이에요.※

미안. 그때 내가 너무 크게 웃었지?

나는 당신의 진지함이 낯설고 재미있었어.

불교의 맹점은.

나는 몇 번이나 당신의 말투를 따라해보고 싶은 것을 억지로 참았지.

당신은 내가 왜 웃는지 몰라서 어리둥절해했고.

저는 미국에서 대학을 다녔고, 홍콩 대학에 6년 있

었습니다. 지금은 알고 계신 것처럼 세운대학 철학
과에 있고요.

갑자기 자기소개를 진지하게 하는 당신이 얼마나
재미있던지.

네, 안녕하세요, 신현웅 선생님. 저는 세운대학교
기획처 직원 이미소입니다.

나도 고개 숙여 인사를 했지.

그제야 당신도 웃었어.

교직원 식당에서 만난 여자한테 명함을 주고, 연
락처를 묻고, 첫 데이트를 하면서, 새삼스레 자기 근
무처를 밝히는 당신이 얼마나 귀엽던지.

무안했는지, 당신이 그랬지.

아, 아니, 다니러 온 사람일 수도 있지 않습니까.
제가 다른 학교 사람일 수도 있고요.

나는 당신이 얼마나 정확한 걸 좋아하는 사람인
지, 나랑은 얼마나 다른 사람인지 금방 알 수 있었
어. 그런데 학회는 왜 오셨던 건가요? 당신이 물었

지. 당신과의 모든 순간을 기억해. 기억해내려고 해. 당신을 기억하고 싶어. 당신을 기억하지 못하는 게 두려워. 당신을 잊으면.

당신에게 어떻게 돌아갈 수 있을까.

선주는 들었다.

지하철이 합정에서 당산으로 넘어갈 때, 퇴근길에, 하늘이 붉게 물들어서 강도 붉게 흔들릴 때. 선주는 들었다.

미소의 목소리.

속삭임.

이번 역은 당산, 당산역입니다. 내리실 문은 오른쪽, 오른쪽입니다.

안내 방송이 나왔다.

지하철은 혼잡했고, 내릴 준비를 하는 사람들이 선주를 사방에서 밀어댔다. 선주는 볼륨을 높이고 싶었다. 그럴 수 있다면.

귓가에서 웅얼거리는 미소의 목소리.

미소의 목소리는 아주 멀리서 도착하는 뱃고동 소리처럼 아득하게 들렸다. 소리의 형태는 사라지고 울림만 남았다. 흘러가는 물, 손가락 사이로 빠져나가는 물. 선주는 어떤 소리도 붙잡지 못했다.

그사이 지하철은 강을 다 건넜고, 오른쪽 출입문이 열렸다. 선주는 당산역에서 내렸다. 집으로 가려면 영등포구청역에서 5호선을 갈아타야 하지만 선주는 바로 한강으로 간다. 한강에서, 모로를 만난다.

매화를 봤어요.

이른 아침에 지나간 길을 몇 시간 뒤에 다시 지나갈 일이 있었는데. 매화나무가 가득한 길을 아침에 지나가면서 생각했죠. 아직 매화가 하나도 피지 않았구나. 곧 매화가 피겠지. 바쁘게 일을 하는 동안 몇 시간이 훌쩍 지나갔어요. 사람들과 이야기를 나누기도 했고, 말을 많이 했더니 목이 말라 물을 마시

기도 했어요. 대화 중에 마음이 상하는 일도 있었고 가슴 벅찬 순간도 있었어요. 조금 지친 걸음으로 같은 길을 다시 지나가다, 매화다. 매화를 봤어요. 몇 개의 가지에 매화가 피어 있더라고요. 매화는 반나절 만에도 피는데. 나무는 반나절 만에도 꽃을 피우는데. 이렇게 혼자 중얼거리고는 한참 뒤에 깨달았죠. 나무는 한겨울을 난 것이다. 그 꽃을 피우자고.

선주는 달린다.
멀리 모로가 보인다.
선주는 달린다.
헉, 헉, 숨이 차오른다.

한참 뒤에 깨달았죠. 나무는 한겨울을 난 것이다.

선주는 듣는다. 낮게 가라앉은 목소리. 이 목소리는 오늘 처음 듣는 목소리다. 당신은 어디에서 오는

가. 선주는 이 목소리를 기억한다. 아직 어떤 목소리
도 잊지 못한다.

존재하면서 사라지는

이미애.

일주일 전, 모로와 루이는 라인강이 보이는 대성당 근처 카페에 마주 앉아 있었다.

이미애.

이 사람의 이름에서 벗어날 수가 없어.

그래서 기어이 서울에 간다고?

루이가 물었다.

그 사람이 지금 서울에 있는 것도 아니잖아.

사진을 봤어.

무슨 사진?

이미애와 엄마, 그리고 이미애와 똑같이 생긴 여자, 셋이 찍은 사진.

어디서?

아직 살아 있는 이미애의 페이스북 계정에서. 그리고 엄마의 노트북 사진 폴더에서.

연주회에 왔었나 보지.

이미애는 쌍둥이야. 한 명 더 있다는 얘기지.

그래서?

만나보고 싶어.

왜? 지금까지 모르고 살았는데. 왜?

같은 강물에 두 번 발을 담글 수 없다. 강물은 이유를 묻지 않는다. 목적을 묻는 것은 언제나 인간이다.

언제나처럼 루이를 기다리면서 모로는 문장 잇기를 했다.

이유를 몰라서. 만나보면 만나고 싶었던 이유를 알게 되겠지.

루이는 두 손으로 자신의 얼굴을 문질렀다.

그래, 여행이라고 생각하자. 여행은 돌아오기 위해 가는 거야.

잊지 마. 내 영화 개봉 전엔 돌아오는 거다.

모로는 고개를 끄덕였다.

이미애의 페이스북 계정에 새로운 글이 계속 올라왔어. 이미애가 죽은 2015년 이후로도. 그러다가 몇 달 전부터 중단된 상태야.

거기 네가 그 여자를 찾아낼 수 있는 단서가 될 만한 글이 있어?

글들은 전부 언니에게 보내는 메시지였어.

언니, 보고 싶다.

언니, 나 남자친구 생겼어.

언니, 언니 목소리 한 번만 듣고 싶어.

언니, 여기 정말 더럽게 덥다.

이게 마지막 메시지.

강은 여전히 같은 방향으로 흐르고 있다.

현웅은 미소의 병실에 있다. 미소의 손을 놓지 않

는다.

　학생들에게 1년에 두 번 물어봐.

　본인이 유물론자라고 생각하는 사람 손 들어보
세요.

　한 번은 플라톤 수업할 때, 한 번은 사르트르 수업
할 때.

　그런데 재미있는 건 매번 정확히 세 명이 손을 든
다는 거야. 10년 가까이 예외 없이 매번 똑같이 세
명이 손을 들었어. 왜일까? 그들은 국적도 달랐고,
수업을 듣는 전체 인원도 매번 달랐는데. 항상 셋이
라는 게 신기하지 않아? 그런 우연. 3은 뭘까? 나는
플라톤이나 사르트르에 대해서 말하는 대신, 그 세
친구와 이야기를 나누고 싶었어. 매번 다른 세 친구
와. 나는 사실 유물론자가 되고 싶었던 거 같아. 당
신이 신을 믿고 싶어 했던 것처럼. 당신은 신을 믿을
수 없어서 신을 믿고 싶었구나. 이제 알겠어. 헤겔은

소리를 "존재하면서 사라지는 현존재"[‡]라고 불렀
지. 나한테 신은 그런 존재인 거 같아.

믿을 수밖에 없는 음성.

나는 끊임없이 존재하면서 사라지는 이 믿음을 포
기할 수 없어.

당신은 돌아올 거야.

당신은 여기 있어.

당신은 절대 사라지지 않아.

현웅은 미소의 손을 더 꽉 잡았다.

믿음의 형태

모로는 멀리서 달려오는 선주를 본다.

뛰는 여자.

자신에게 달려오고 있는 여자.

그에게로 검은건반과 흰건반이 한꺼번에 쏟아지는 것 같다. 「쾰른 콘서트」의 도입부가 모로의 머리 위로 쏟아진다.

헉, 헉, 숨을 몰아쉬며 도착한 선주에게,

왜 뛰어와요?

모로가 묻는다.

뛸 때는 심장이 빨리 뛰거든요.

심장이 빨리 뛰는 게 좋아요?

무섭지 않아요.

무섭지 않아요?

무서울 때 심장이 빨리 뛰잖아요. 나는 자주 무섭
거든요. 그래서 미리 뛰는 거예요. 무서워서 뛰기 전
에 미리 뛰는 거죠. 더 빨리.

무슨 말인지 모르겠지만 슬픈 얘기 같아요.

아니에요. 슬픈 말. 나는 무서운 게 싫거든요. 내
가 무서워하는 게 싫어요.

뭘요?

목소리.

목소리?

목소리.

무슨 목소리요? 귀신?

독일 사람들도 귀신 믿어요?

사람마다 다르죠.

당신은요?

나는 안 믿어요. 믿어요?

우리가 믿고 말고 할 게 있나요. 귀신은 우리의 믿

음을 필요로 하지 않는데요.

믿는구나.

어제 꿈에 어떤 사람을 봤어요. 분명히 사람인 건 알겠는데 형태가 보이지 않더라고요. 사람이다. 그런데 왜 안 보이지? 보자마자 그런 생각이 들었어요. 안 보이는데 보자마자라고 하니까 좀 웃기네. 암튼. 그래서 생각을 좀 하다가. 내가 옷을 벗어줬어요. 자켓을 벗어서 걸쳐줬더니 허공에 자켓이 걸리면서 그 사람의 어깨가 나타나더라고요. 모자도 씌워주고 바지도 입혀줬죠. 그렇다고 내가 벌거벗은 것은 아닌데 그 사람에게 벗어줄 옷이 어디서 생겨난 건지. 입혀놓고 보니 사람이 맞더라고. 얼굴은 보이지 않았지만요. 그냥 사람이라고 할 수 있었어요. 꿈에서도 생각했죠. 아, 이렇게 하면 되는 거였구나. 몸이 보이지 않을 땐 보이지 않는 몸을 옷으로 가리면 되는 거구나. 그러면 보이지 않는 몸이 가려지면서 옷 속의 몸이 생겨나는 거구나.

그러면 그 목소리들의 몸은 어디 있죠?

몸이요? 몸은 찾고 있어요.

얼마 전에 의사와 나눈 대화가 생각났어요.

여기 있네요.

의사에게 소리쳐서 대답하고 싶었죠.

내가 생각하는 믿음은 이런 거예요.

부르는 말

모로와 선주는 한강 공원 편의점 앞에 캔맥주와 컵라면을 놓고 마주 앉아 있다.

그분 기사 기억나요. 그래서 그분을 찾으러 왔다고요?

아뇨, 그분의 쌍둥이 동생이요.

어떻게 찾죠?

보통 왜 찾냐고 먼저 묻지 않나요?

찾을 만하니까 찾겠죠.

선주가 웃었다. 모로가 선주의 눈을 빤히 들여다본다.

선주가 눈을 피하며 묻는다.

왜요?

궁금한 게 없죠?

네?

당신은 세상에 궁금한 게 없어요.

그런가, 그런 것도 같네요.

이거 봐요. 이럴 땐 아니라고 하거나, 당신이 뭘 안다고 함부로 말하냐는 표정을 지을 만도 한데. 당신은 아니라고 말하기도 귀찮은 사람 같아요.

그런가.

선주가 웃었다. 이번에는 모로도 웃는다.

다리 위에서 우리 처음 만났을 때. 또 만날 수 있냐고 물었을 때도 당신은 그러던가요, 하는 표정이었어요. 왜 경계하지 않아요?

뭘요?

나는 낯선 사람이고, 외국인이고, 우리는 이제 두번째 만났을 뿐인데요.

선주는 아무 말이 없다. 멍한 눈으로 모로를 바라본다. 모로는 선주가 다른 생각에 잠겼다고 생각한다. 선주의 눈에 갑자기 눈물이 차오른다. 모로는 당황한다.

왜 그래요? 선주 씨,

선주는 대답이 없다.

선주 씨,

선주는 대답이 없다.

모로는 일어선다. 선주 옆으로 다가간다. 선주의 손을 잡는다.

아, 미안해요.

선주는 이런 상황에 익숙하다는 듯이 놀라지 않는다.

무슨 일이에요?

아이 목소리.

난 아무 소리도 못 들었는데요. 아까 무섭다고 했던 그 목소리인가요?

무서워요. 내가 모른 척하고 있는 걸까 봐. 내가 도울 수 있는 일이 있는데 모르고 있는 걸까 봐. 나한테 이 목소리들이 전하고자 하는 메시지가 있는데 내가 그걸 계속 못 알아차리고 있는 거면 어떡하죠?

환청 같은 건가요?

의사는 환청이라고 하고, 나는 멀리서 오는 목소리라고 해요.

멀리서 오는 목소리?

누군가의 혼잣말이요. 누군가 혼자 하는 말.

죽은 사람들의 환영 같은 건가요?

글쎄요, 저도 잘은 모르겠어요. 목소리의 주인이 죽은 사람인지, 산 사람인지. 과거의 사람인지 미래의 사람인지. 아무것도.

하나가 아닌가요?

가까이 왔다가 멀어지기도 하고, 영영 사라지기도 하고, 한동안 반복되기도 하고. 새로운 목소리가 들려오기도 해요.

몇 년 전부터?

미친 사람 같죠? 다들 미쳤다고 해요.

아뇨, 힘들었겠다 싶어서요. 사람 목소리만큼 다정한 게 없지만 또 견디기 힘든 것도 없잖아요.

내가 제일 견딜 수 없는 말이 뭔지 알아요?

엄마.

모로가 자기도 모르게 말한다.

엄마?

엄마 목소리 나도 듣고 싶네요, 그렇게.

엄마. 내가 견딜 수 없는 건 바로 그런 말이에요. 부르는 말. 누군가 부르는 소리. 부르고 우는 소리. 부르면서 우는 소리. 불러 놓고 내내 울기만 하는 소리. 흐느끼는 소리. 지금처럼 그런 소리가 들리면 견딜 수가 없어요.

누가 부르는지는 알 수 없나요?

모르겠어요. 모두 같은 곳에서 오는 소리는 아닌 것 같아요. 목소리는 모두 살아 있고, 지금, 여기 저한테 도착하지만, 이 목소리들은 모두 다른 곳에서, 모두 다른 시간에 시작되었다는 생각이 들거든요.

혼잣말이라고 했죠?

네, 외로운 소리들이요. 처음엔 이해가 안 돼서, 그 다음엔 도망치고 싶어서 목소리에 대한 책을 닥치는 대로 읽었어요. 책을 읽을 땐 소리가 들려도 안 들리는 것 같거든요. 카페에서 책을 집중해서 읽다가 정신 차려보면 음악이 바뀌어 있곤 하잖아요? 비슷해요. 책을 읽고 있을 땐 목소리에서 조금 자유로워지는 거 같아서 책에 매달리기 시작했어요.

그래서 답을 좀 찾았나요?

답이요? 이 소리들이 어느 날 한꺼번에 사라지면. 이 라디오가 꺼지면. 그게 답이 될까요?

선주는 모로의 상처투성이인 손을 본다.

모로가 자신의 손에 선주의 시선이 머무는 것을 느끼고 손을 간이 테이블 아래로 숨긴다.

손이 사람을 드러낸다고 생각해요?

모로가 묻는다.

어떻게 알았어요?

나도 그렇게 생각하거든요.

모로가 빨간 테이블 위에 올려져 있는 선주의 손을 보면서 말한다.

선주의 손은 하얗고 길다. 곧 부러질 것 같은 손가락.

선주가 두 손바닥을 모로의 눈앞에 활짝 펼쳐 보인다.

겉보기랑 다르죠?

선주의 손바닥은 굳은살 투성이다.

나는 서커스를 했었어요.

나는 바이올린을 만들어요.

멋지네요. 바이올린의 소리는 어디에 맺히나요?

소리는 흘러가죠.

모로는 선주 뒤로 흐르는 강으로 시선을 옮기며 대답한다.

강은 여전히 한 방향으로 흐르고 있다. 라인강도 흐르고 있을 것이다.

오래전에 읽은 책에 그런 말이 있었어요. 인간이 한 모든 말의 파동은 남는대요.

사라지지 않고. 사물에, 벽에, 공기 중에. 그래서 모든 공기 중에는 음성 파동이 진동하고 있다고요.

누군가가 누군가를 애타게 부르던 음성이 공기 중에 남아 있다가 나에게 도착하는 것은 아닐까. 그런 생각을 해본 적이 있어요. 누군가의 음성 파동이 잘못된 주파수를 타고 나에게 수신되는 것은 아닌가.

그런데 만약 인간의 목소리가 모두 음성 파동으로 남아 공기 중에 진동한다면, 음악도 그렇게 계속 진동하고 있지 않을까. 그 음악은 모두 어디로 수신되고 있는 걸까. 그런 귀를 가진 사람은 어떻게 견디고 있을까. 궁금했거든요.

내가 지난 몇 해 동안 불었던 그 휘파람들도 어딘가에서 진동하고 있지 않을까.

모로는 선주가 말하는 입을 골똘히 바라보다가, 자신의 명치에 울리는 선주의 휘파람, 캄캄한 밤, 흔

들리는 다리 위에서 목숨 대신 떨어지는 눈물방울 같은, 음들이 진동하는 것을 느꼈다.

선주의 입에 입을 맞추고 싶은 충동을 느꼈다.

모로는 다시 자리에서 일어섰다.

좀 걸을까요?

보존되는 삶

10년 뒤.

모로와 선주는 걷는다.

손을 잡고 나란히 걷는다.

선주의 오른손을 잡은 꼬마. 모로의 왼손을 잡은 꼬마. 가운데, 꼬마와 꼬마가 손을 잡고 있다. 네 사람은 나란히 걷는다. 뒤에서 보면 선주의 오른쪽 어깨와 모로의 왼쪽 어깨가 아래쪽으로 기울어져 있다.

우리가 마지막으로 갔던 여행지는 파묵칼레였다. 그곳에서 한국전쟁 참전 용사를 만났지. 그는 얼굴

이 길고 이마에 깊은 주름이 잡힌 노인이었는데. 눈
동자가 백내장으로 하얗게 뒤덮여 있었어. 하얀 콧
수염이 난 남자. 미소 짓는 남자. 그와 같은 부대에
있었던 대장은 한국전쟁에서 다리를 잃었는데 지금
도 그 다리에서 피가 난다고 했다. 절단된 다리에서.
피가.

선주는 듣는다.

비가 제법 오네.

선주는 듣는다.

사는 게 결국 미로를 짓는 일이라는 생각이 들어.
미로를 지으면서 미로에 갇히는 일,
갇히기 위해 미로를 짓는 일.

선주는 듣는다.

축제의 길, 괄호의 길, 밑줄의 길,

무無의 길.

모두 다른 목소리,

선주는 듣는다.

엄마,

응.

선주가 대답한다.

일어서다

8번가를 따라 걸어 내려오면 경차 사이렌, 자동차 경적, 유인물을 받아가라는 호소가 마치 음악 소리처럼 들린다. 당신이 지금 듣고 느끼고 보는 것이 다른 그 무엇보다도 중요한 것이라고 여기며 그 길을 걷노라면, 이제 당신은 존 케이지의 1960년대와 만나게 된다. 그의 음악은 우연의 음악, 즉 삶이란 당신 자신보다 훨씬 더 큰 것이라고 느끼게 만들어주는 음악이었다. [……] 그는 블랙마운틴 대학에서 전체가 온통 하얗게 칠해진 로버트 라우셴버그의 그림들을 봤다. 그 그림들이 보여주는 이미지는 그림을 감상하는 사람들 때문에 생겨난 그림자가 전부였다. 케이지는 뉴욕의 우드스탁에 있는 한 공연장에서 이와 비슷한 착상을 실험했다. 그는 피아노 연주자인 데이비드 튜더에게 피아노 앞에 걸어가서 곡명 그대로 정확히 4분 33초 동안 앉아 있으라고 지시했다. 예술 비평가 캘빈 톰킨스는 그곳의 '침묵'은 근처에 있는 나무 옆을 스치는 바람 소리, 지붕 위로 떨어지는 빗소리, 청중들이 웅성거리는 소리, 발을 질질 끄는 소리 등 온갖 소리로 가득 찼다고 말했다.▫

현웅은 여기까지 읽고 고개를 들었다.

미소는 여전히 눈을 감고 잠들어 있다.

지미 헨드릭스와 밥 딜런과 존 케이지가 다 무슨 소용이란 말인가.

현웅은 사고 이후 음악을 듣지 않는다.

4분 33초의 침묵.

침묵은 지긋지긋했다.

자신이 말하지 않으면 병실은 침묵 속에 잠겼다.

현웅은 책을 덮고 일어섰다. 물을 따라 마셨다. 병실 안에 있는 욕실로 들어갔다. 미지근한 물수건을 만들어 가지고 나왔다. 미소의 얼굴과 목과 손을 닦았다. 미소의 환자복을 벗기고 이불을 덮고 이불 아래에서 미소의 몸을 닦고, 새 환자복을 입혔다. 수건이 미소의 명치를 지날 때, 가슴과 가슴 사이를 지날 때 현웅은 이를 악물었다.

저 책 제목이 '도발'이야. 아방가르드 예술에 대한 책이라는데. 어때? 재미있는 거 같아? 내일은 또 다른 책을 가져와볼게. 당신 집에 책이 하도 많아서 무슨 책이 당신이 좋아하던 책인지 알 수가 없어. 진작 좀 물어볼걸. 우리 책 얘기는 거의 안 했잖아. 내가 기억 못 하는 건가? 지금 말하다가 생각난 건데 그러고 보니 당신 책만 있는 건 아니겠구나. 언니 책일지도 모르겠어. 나 요즘 언니한테 기도해. 당신 좀 나한테 보내달라고. 듣고 있어?

현웅은 미소의 머리를 빗기며 말했다.

빗이 미소의 머리카락 사이를 부드럽게 흘러내리는 것을 보았다.

매일 널 보는데도, 네가 너무 그리워.

매일 널 보는데도, 네가 너무 그리워.

미소는 들었다.

현웅의 목소리.

미소는 분명히 들었다.

나 요즘 언니한테 기도해.

지금까지 들렸던 목소리와 분명히 다른 목소리.

당신 좀 나한테 보내달라고.

당신의 목소리.

듣고 있어?

정말, 당신이야?

미소는 대답했다.

당신, 정말 내가 보여?

내가 정말 보이는 거야?

현웅은 대답이 없다.

현웅은 미소의 머리를 양 갈래로 나누어 묶었다.
양어깨에 미소의 머리카락이 놓였다. 현웅은 허리를
숙여 잠든 미소의 얼굴을 한참 동안 바라보았다. 미
소의 입술에 입을 맞췄다.

병실은 침묵 속에 있다.

클라라와 슈만의 반지는 만났을까

정애길과 유홍상의 마지막 인터뷰 날,

인생에서 가장 아름다운 날은 언제였나요?

유홍상의 질문에 애길은 대답했다.

제 인생에서 가장 아름다운 날, 그날은 서울에서 마지막 독주회가 있던 날이었습니다. 2014년 가을.

그 독주회가 특별한 이유는요? 다른 때보다 연주가 만족스러우셨습니까?

연주는 특별할 게 없었습니다. 연주가 끝나고 밖으로 나왔을 때 연주회장 앞에 연주를 들으러 와주신 분들이 기다리고 계셨어요. 몇 분과 사진을 찍기도 했습니다. 독일에서 온 한 늙은이의 연주를 듣기 위해 먼 걸음을 해주신 분들이 감사했죠.

그게 전부입니다.

유홍상은 이 부분을 책에 다음과 같이 정리해서
넣었다.

정애길의 인생에서 가장 아름다운 날은 서울로
마지막 독주회를 온 날이었다. 서울에서의 마지막
연주는 그녀의 가슴을 뛰게 만들었고, 그날의 연주
는 특별했다. 나는 그날에 대해 말할 때 그녀의 눈
이 촉촉하게 젖어오는 것을 놓치지 않았다. 서울을
떠난 지 수십 년이 흘렀으나, 이 위대한 피아니스트
의 가슴에는 여전히 서울이 살아 숨 쉬고 있었던 것
이다. 정애길은 자신을 보러 와준 관객들에게 보답
하기 위해 어느 때보다 열정적인 연주를 선보였다.
힘찬 타건. 정애길의 맥박이 그대로 건반 위에 옮겨
졌다. 그녀의 은빛 머리칼은 무대 위에서 더 아름답
게 빛났다. 고국 팬들의 환호와 사랑은 정애길에게

가장 아름다운 날을 선사했던 것이다.

모로는 이 부분을 읽었다.

2014년 가을, 서울에서의 마지막 독주회.

이미애의 페이스북에는 2014년 가을, 정애길 독주회에서 정애길과 함께 찍은 사진이 올라와 있었다. 내가 세상에서 가장 사랑하는 두 여자. 피아니스트 정애길과 내 동생 이미소. 이미애는 사진 밑에 그렇게 적었다. 정애길의 연주를 들으면 그녀의 손가락이 피아노의 건반이 아니라 나를 부드럽게, 힘차게 누르는 것 같아. 그녀의 손가락 밑에서 음악의 일부가 되는 것 같아, 라고도 적었다. 서울에서 열린 정애길의 모든 독주회를 보았고, 마침내 정애길과 만났으며, 사진을 찍게 되었다고. 이미애는 흥분을 감추지 않았다.

모로는 엄마의 노트북에서 같은 사진을 찾아냈다. 이미애가 메일로 보내온 것임을 쉽게 짐작할 수 있었다. 엄마는 이미애와 그 뒤로 종종 이메일로 연락을 하고 지냈고, 그 직후 처음으로 페이스북을 시작한 거 같았다. 엄마는 아마 이미애가 세상을 떠난 뒤로도 줄곧 이미애의 페이스북에 방문했을 것이다. 이미애는 끝까지 엄마에 대해 몰랐을 것이다. 이미애는 처음부터 엄마에 대해 다 알고 있었을 것이다. 저울은 어느 쪽으로도 기울지 않고 팽팽했다. 모로는 양쪽 저울에 자신의 심장이 똑같이 반으로 나뉘어 올려진 것 같은 고통을 느꼈다. 엄마는 단 한 번도 말하지 않았다.

엄마는 얼마나 오래 고통스러웠을까.

모로는 2014년 가을의 서울. 바로 그 사진을 출력했다.

애길은 루카스 옆에 나란히 묻혔다.

모로는 아버지의 묘 앞에 루카스와 어린 모로와 애길이 함께 찍은 사진이 있는 것을 기억했다.

애길의 묘 앞에 사진이 놓였다.

가운데 은발의 애길이 서고, 애길의 양 옆으로 이미애와 이미소가 애길의 팔에 팔짱을 끼고 서 있다.

세 사람은 활짝 웃고 있다.

나는 타인의 고독과 더불어,
홀로, 마음속 깊이 홀로 있다.[※]

자고 일어났더니 겨울밤

늪 사람들 숲의 소리들

우와 아

우와 황새

우와 잉어가 사는 갑다

왜 사라지나 몰라

자꾸 잡아서 사라지지

자꾸 잡으니까 사라졌겠지

아니야 아니야

그게 많다가도 사라질라면 한 번에 사라져버려

한 번에 사라져

몰라 이유를 아나

그냥 사라진 거지

나는 아직 사나 했지

근데 아니야 이렇게 속이 없어

속이 텅텅 비었어

선주는 우포 논고둥 할머니의 이야기를 들었다.
멀리서 오는 목소리로부터. 고둥의 노래인지, 할머
니의 목소리인지. 논고둥 할머니의 이야기. 선주는
이 이야기에 음정을 붙였다. 노래로 만들어 불렀다.
휘파람을 불 듯이. 잠들기 전에. 그렇게 많다가도 사
라질라면 한 번에 사라져버려. 이유를 아나. 사라질
라면 한 번에. 그냥 사라진 거지. 이 노래를 부르고

있으면 마음이 편안해졌다. 매일 밤 잠들기 직전, 자신에게 자장가를 들려주었다. 다른 목소리가 꿈을 방해하지 않도록, 잠에 끼어들지 못하도록. 속이 텅 텅 비도록. 노래를 불렀다. 그리고 오늘 밤, 선주는 나란히 누운 모로의 귓가에 노래를 불러준다.

자고 일어났더니 겨울밤

우와 아
우와 황새
우와 잉어

모로가 서울에 온 지 한 달이 지났다.
내일은 모로와 함께 병원에 갈 것이다.

사과와 같은 것

좋은 삶에도 영감이 필요하다.

어떤 삶을 살 것인가에 대한 영감.

모로는 오르막길을 오르며 생각한다. 발끝만 보고 있다.

떨려?

선주가 묻는다.

떨리는 건가?

모로는 고개를 든다. 오르막길 끝에 병원 본관 건물이 보인다.

이미애의 아버지 교회를 찾아내고, 그곳에 일요일마다 찾아가고, 사람들에게 몇 번의 거짓말을 해서, 미소가 큰 사고를 당했고, 현재 병원에 입원해 있다는 사실을 알아내기까지, 그리고 입원해 있는 병원과 병실을 알게 되기까지 한 달이 걸렸다.

찾아가 봐야 무슨 소용이냐고.

식물인간이라고.

벌써 몇 달째 그 애인인가 뭔가가 지키고 있다던데.

교회도 안 나오고.

절에 나가고 그랬잖아 왜.

교회 사람들이 수군거리는 것을 모로는 들었다.

식물인간.

독일어로는 Wachkoma.

모로는 왜 코마 상태의 사람을 식물인간이라고 부르는 것인지 이해가 되지 않았다.

식물에 대해서도 코마 상태에 대해서도 모르는 사람들이 만들어낸 말 같았다. 그러면 움직이는 우리는 동물인간인가? 모로는 참을 수 없는 분노를 느꼈다. 그 분노가 식물인간이라는 단어를 향해 있는 것이 아니라는 것을 모로도 선주도 잘 알았다.

선주와 모로는 오르막길을 오르며 동시에 교회에서 만난 사람들이 수군거리던 말을 떠올렸다.

다 왔다.

선주가 회전문 앞에 서서 말했다.

이제 혼자 가.

모로가 고개를 끄덕였다.

선주는 병원 문밖에 남았고 모로는 회전문으로 들어갔다. 자동 회전문이 빠르게 돌아 모로를 병원 안에 밀어 넣었다.

모로가 엘리베이터를 찾아 복도로 들어서는 것을 보고 선주는 돌아섰다. 등나무 벤치에 앉았다. 하늘을 올려다보고 싶었는데 등나무 줄기가 너무 빽빽하게 얽혀 있어서 하늘은 보이지 않았다. 등나무 꽃송이들이 포도송이처럼 걸려서 흔들렸다. 선주는 차라리 목소리들에 귀를 기울이고 싶었지만 어떤 소리도 정확하게 들리지 않았다. 갑자기 주파수가 맞지 않아 지직거리는 라디오처럼 귓속에는 지직거리는

잡음만이 들렸고,

모로는 병실 앞에 섰다.

심장이 빠르게 뛰었다.

모로는 무서웠다.

크게 숨을 들이쉬고, 내쉬고,

자신이 준비했던 말을 생각했다.

안녕하세요, 저는 정모로입니다. 피아니스트 정애
길 님의 아들입니다. 어머니가 돌아가셨다는 소식을
전해드리고 싶어서 왔습니다.

모로는 독일에서 출발하기 전 이 세 문장을 백 번
도 넘게 생각했다. 아무리 생각해도 미소의 표정을
상상할 수 없었다. 어떤 얼굴로 어떤 대답을 할까?

수없이 생각했던 말은 아무 필요가 없는 말이 되
었다. 미소는 대답하지 못할 것이다. 그렇지만 미소
를 만나야 한다. 미소에게 말할 것이다. 모로는 다짐
했다.

주먹을 꽉 쥐었다. 손에 땀이 났다.

다시 크게 숨을 들이쉬고, 내쉬고, 노크를 했다.

네,

대답이 들리고 곧 문이 열렸다.

사십대 중반으로 보이는 남자가 문을 열었다.

연락받았습니다. 저는 신현웅이라고 합니다.

피곤해 보이는 얼굴로 남자가 허리를 숙여 인사
했다.

네, 안녕하세요, 저는 정모로입니다.

모로는 현웅과 인사를 나누면서 미소를 보았다.
미소는 깊이 잠든 거 같았다. 머리를 양쪽 갈래머리
로 묶어서 그런지 사진 속에서보다 더 어려 보였다.

이미소.

모로는 속으로 생각했다.

엄마의 딸.

보는 순간 느낄 수 있었다. 모로는 자신과 닮은 여
자를 마주하고 있다.

안녕하세요.

모로는 침대에 가까이 가서 고개 숙여 인사를 했다.

저는 정모로입니다. 피아니스트 정애길 님의 아들이에요. 만나 뵙고 싶었습니다. 어머니가 두 달 전에 돌아가셨어요. 이 소식을 꼭 직접 만나서 전해드리고 싶었습니다.

모로는 어느 때보다 어눌한 한국어로 말했다. 긴장해서인지 모든 발음이 뚝뚝 끊겨 나왔다. 말을 이어가는 게 어려웠다. 숨이 차다고 느꼈다.

좀 앉으시죠.

현웅이 간이 의자를 모로 쪽으로 밀어주었다.

아닙니다. 저는 이만 가보겠습니다.

모로는 현웅에게 다시 깍듯이 인사를 하고 병실을 도망치듯 빠져나왔다.

엄마는 알고 있었지. 엄마는 그래서 견딜 수 없었어.

모로는 알았다. 병원 복도를 걸어 나오면서 처음으로 엄마를 이해했다.

엄마에게 삶은 너무 가혹했다.

모로는 다시 참을 수 없는 고통과 대상 없는 분노를 느꼈다.

하늘에서 갑자기 사과가 떨어진다. 거대하고 뜨겁고 끔찍한 사과가. 우연히. 아무 잘못도 없는 사람들의 머리 위에.

삶을 구멍 낸다.

완전히 뻥 뚫린다.

모로는 엘리베이터에서 두 눈을 감았다. 눈물이 흘러내렸다. 엄마의 사진 폴더에서 이미애와 이미소의 사진을 봤을 때도 모로는 울지 않았다. 이미애가 어떻게 죽었는지, 신문 기사를 봤을 때도 모로는 울지 않았다. 식물인간. 이 단어를 처음 들었을 때도 모로는 울지 않았다. 엄마를 묻고 돌아와서도 모로는 울지 않았다. 목맨 엄마를 발견했을 때도 모로는 울지 않았다. 모로는 엘리베이터에서 처음으로 두 손을 모았다.

기도했다.

살려주세요.

살려주세요.

모로의 삶에 종교가 등장한 것은 고작 한 달 전이었다. 엄마의 장례를 성당에서 치르기는 했지만 모로도, 애길도 성당에 다니지는 않았다. 모로는 자신이 잘 모르는 신께 기도했다.

살려주세요, 미소를 살려주세요.

죽도록 신을 믿고 싶었다.

죽을 때까지 신을 섬길 것이다. 기도할 것이다.

회전문 바깥에 선주가 앉아 있는 것이 보였다. 모로는 자동 회전문에 몸을 밀어 넣었다. 회전문 밖으로 뱉어졌다. 햇볕이 지나치게 뜨거웠다.

소수테누토 페달

서서

비눗방울 속에 아침 운동 하는 사람들

바다로 떨어지는 눈송이들

한여름 인형 뽑기 통 속 인형들

흔들리는 가로수들

그러므로 슬픈 사람들의 발아래

이렇게 이렇게 더운데도

외롭다니

이렇게 더워도

외로울 수 있다니

시간을 가득 채운 것은 외로움이었다.

이 목소리는 오늘 새롭게 나타난 목소리야. 외롭고, 더웠나봐. 우리도 홍콩에서 정말 더웠지. 내가 언니한테 마지막으로 한 말이 뭔 줄 알아? 여기 더럽게 덥다. 당신, 홍콩에서 고생 많았겠더라. 당신의 목소리가 들려. 당신이 읽어주는 책들, 너무 지겨워. 당신은 내가 보이고, 나는 당신이 들리는데, 우리는 만날 수가 없네. 당신을 보고 싶어. 당신에게 내 목소리를 들려주고 싶어. 당신에게 어떻게 돌아갈 수 있을까. 나는 이제 이렇게 생각하지 않아. 당신에게 가고 있다고 믿어. 나는 희미해지지 않아.

목소리는 파괴되지 않는다.

이 목소리는 이제 내가 가장 의지하는 목소리야. 나는 이 목소리를 믿어. 당신에게 가. 나는 당신을 기억하고, 언니를 기억해. 내가 언니 얘기를 한 건 당신이 처음이었어. 아무렇지 않은 척 살았어. 울기 싫었어. 언니를 지키지 못한 나를, 거기에 혼자 내보낸 나를 용서할 수 없었어. 참을 수 없이 화가 났어. 사람들은 아무 일도 없었던 것처럼 살았어. 아무것도 기억하지 못하는 것처럼 보였어. 그건 나였지. 기획처 직원이 재미없는 철학과 학회에 왜 왔었냐고 당신이 물었지. 도망치고 싶었어. 나에게서 가장 멀리 있는 질문들로. 왜? 대체 왜? 나는 끊임없이 물었지. 그때 내가 가장 참을 수 없는 건 나였으니까. 그날 언니가 함께 가자고 했었어. 변호사가 별 데 다 따라 다닌다고 내가 타박했지. 언니는 직업과 무관한 일이라고 했어. 너 잘났다. 나는 피곤해 집에서 쉴래. 그랬어. 나는 꼼짝도 하기 싫었어. 내가 나간다고 달라지지 않는다고 생각했어. 나 한 사람 더 참여한다고 세상이 바뀔 리 없다고 생각했어. 언니는 두 번도 조르지 않았어. 갔다 올게. 귀찮다고 라면 끓여 먹

지 말고 국 데워서 밥 먹어. 미역국 끓여놨어. 언니
는 1분 언니였지만 나한테는 엄마였고, 제일 가까운
친구였고, 내가 세상에서 유일하게 믿는 사람이었
어. 우리가 함께 쓰는 욕실에는 언니와 내 칫솔이 나
란히 꽂혀 있었고 거실 책장에는 언니와 내 책이 마
구 섞여 있었어. 나는 언니 옷장에서 몰래 옷을 꺼내
입었고 언니는 어쩌다 내 구두를 신고 나가면 꼭 굽
을 망가뜨려 왔어. 내가 그날 언니를 혼자 보내지 않
았다면 언니를 지킬 수 있었을까. 언니를 못 나가게
했더라면 우리의 삶을 바꿀 수 있었을까. 그날 이후
로 매일 매 순간 생각했어. 언니가 나에게 마지막으
로 하고 싶었던 말은 없었을까. 언니를 보내고 집에
돌아왔을 때 나는 알았어. 언니가 없더라. 집에. 언
니의 옷장을 열었어. 언니가 그날 입었던 옷을 기억
해. 거기 없는 옷. 언니의 침대, 언니의 화장대, 언니
의 책상, 언니의 노트북, 언니의 가방, 나는 아무것
도 버리지 못했어. 방문을 닫고 나와서 지금까지 한

번도 그 방에 들어가지 않았어. 당신에게 언니와 함께 살았었다고만 말했지. 언니가 사고로 세상을 떠났다고만 말했어. 언니가 왜 세상을 떠나게 됐는지 말하고 나면 돌이킬 수 없을 거 같았어. 나는 삶으로 돌아갈 수 없을 거 같았어. 매일이 끝이라고 생각하면서 미친 척 살았어. 밝은 척 살았어. 즐거운 척했어. 당신과 웃고 먹고 마시고 사랑하고 살아 있는 사람인 척 살면서 언니를 잊은 척했어. 잊고 싶었어. 나를 용서할 수 없었어. 나를 용서하지 마. 미안해. 언니. 언니, 미안해. 언니.

인기척

하나의 문장은 하나의 세계이고 한 세계를 이루는
존재다.

루이의 영화는 이 문장으로 끝났다. 영화는 독일
에서 개봉했고 모로는 아직 서울에 있다.

사랑은 믿는 게 아니라 하는 거라는 네 말.
알 거 같아.

두 달 전 모로가 루이에게 메시지를 보냈다.
국경은 확실히 초월했군.
절반의 초월인가.

루이는 라인강이 보이는 대성당 근처 카페에 앉아 생각했다. 루이의 이번 애인은 열 살 어린 스페인 사람이다. 아름다운 루이의 애인이 카페로 걸어오는 모습이 보인다. 모로가 늘 앉아 있던 자리. 루이의 애인이 카페 문 앞에 도착한다. 루이는 애인이 자신을 향해 성큼성큼 걸어오는 것을 본다.

쾰른은 어때? 라인강이 반대로 흐른다거나 하는 일은 없겠지?

루이는 어젯밤 모로의 말을 떠올린다.

너는 독일인이 분명해. 이 썰렁한 독일인아.

루이는 먼저 전화를 끊었다.

괜히 애틋하단 말이야.

혼잣말을 했다.

강은 여전히 같은 방향으로 흐르고 있고,

같은 시간.

선주는 들었다.

괜히 애틋하단 말이야.

* 프리드리히 키틀러,『축음기, 영화, 타자기』, 유현주·김남시 옮김, 문학과지성사, 2019.

† 동아출판사 편집부(엮음),『잡학사전』, 동아출판사, 1989.

§ 프리드리히 니체,『선악을 넘어서/우상의 황혼/이 사람을 보라』, 강두식·곽복록 옮김, 동화문화사, 2017.

+ 〈토성 '육각형 소용돌이' 하늘로 $300km$ 솟아있다〉,《서울신문》 2018. 09. 05.

♯ 진단학회(엮음),『악학궤범』, 일조각, 2001.

◇ 동아출판사 편집부(엮음),『세계사의 100대 사건』, 동아출판사, 1995.

⊛ 슬라보예 지젝,『헤겔 레스토랑』, 조형준 옮김, 새물결, 2013.

‡ 프리드리히 키틀러, 같은 책.

¤ 마크 애론슨,『도발』, 장석봉 옮김, 이후, 2002.

※ 가스통 바슐라르,『촛불』, 김병욱 옮김, 마음의숲, 2017.

위의 기사와 책들을 참고했습니다.

당신에게 나에게

오래전, 맥줏집에서 한 남자를 보았다.

종종 그 남자가 떠오른다.

남자는 왼손으로 오른손을 꽉 잡고 있다.

움켜쥔 그의 왼손을 타고 피가 그치지 않고 흐른다.

괜찮아요, 괜찮습니다.

그는 몇 번이고 괜찮다고 말한다.

얼음잔의 파편이 옆 테이블에 앉아 있던 나에게까

지 튀었는데.

새빨간 맥주 거품이 바닥으로 뚝뚝 떨어진다.

피가 멈추지 않는 것처럼

마음이 멈추지 않는다.

마음이 마음을 꽉 누르고 있다.

암송

1판 1쇄 인쇄 2019년 9월 18일
1판 1쇄 발행 2019년 10월 1일

지은이 윤해서
펴낸이 김영곤
펴낸곳 아르테

문학미디어사업부문 이사 신우섭
문학사업본부 본부장 원미선
문학콘텐츠팀 이정미 허문선 김혜영 김지현 김연수 | 윤현아
디자인 석윤이
문학마케팅팀 민안기 임동렬 조윤선 배한진
문학영업팀 김한성 오서영 이광호
홍보팀장 이혜연 제작팀장 이영민

출판등록 2000년 5월 6일 제406-2003-061호
주소 (우 10881) 경기도 파주시 회동길 201(문발동)
대표전화 031-955-2100 팩스 031-955-2151

ISBN 978-89-509-8322-2 04810
      978-89-509-7879-2 (세트)